U0554363

阳光下的葡萄干

A Raisin in the Sun

〔美〕**洛琳·汉斯贝瑞** ——— 著

Lorraine Hansberry

吴世良 ——— 译

A Raisin in the Sun
Lorraine Hansberry
Copyright © 1959,1966,1984,1987,1988by Robert Nemiroff
根据 Vintage Books 版译出

图书在版编目(CIP)数据

阳光下的葡萄干/(美)洛琳·汉斯贝瑞著;吴世良译. —北京:人民
文学出版社,2020
ISBN 978-7-02-016570-4

Ⅰ.①阳… Ⅱ.①洛…②吴… Ⅲ.①剧本—美国—现代 Ⅳ.①I712.35

中国版本图书馆 CIP 数据核字(2020)第 168150 号

责任编辑　刘　乔　赵　萍
装帧设计　刘　远
责任校对　王筱盈
责任印制　任　祎

出版发行　人民文学出版社
社　　址　北京市朝内大街 166 号
邮政编码　100705
网　　址　http://www.rw-cn.com

印　　刷　三河市中晟雅豪印务有限公司
经　　销　全国新华书店等

字　　数　71 千字
开　　本　787 毫米×1092 毫米　1/32
印　　张　6.125　插页 3
版　　次　2020 年 10 月北京第 1 版
印　　次　2020 年 10 月第 1 次印刷

书　　号　978-7-02-016570-4
定　　价　48.00 元

如有印装质量问题,请与本社图书销售中心调换。电话:010-65233595

序

这本书的手稿,失而复得,过程颇为传奇。

去年一日,突然接到朋友发来的微信,说在某拍卖公司的拍卖名录中,发现一部珍贵的手稿,名剧,品相好,又是名家所译,疑是"英达母亲的手笔",问我要不要看一下,掌掌眼?

一见手稿照片,我立刻断定这是家母手泽无疑:熟悉的母亲笔迹,父亲的美术字和图案,关键是——我深信我的母亲,会在那样的时代里,有眼光和魄力,选择这部《阳光下的葡萄干》并全身心地投入译著。

我的母亲吴世良,生于江南名门,天赋高,开蒙早,背书描红,填词作对,同窗男孩子没有一个比得上她。学罢国学母亲又入圣约翰攻读电机,继而转投沪江,直到进入清华园,遇到我的父亲。毕业后他们双双考入了新建的北京人民艺术剧院,母亲显示出比父亲更耀眼的艺术才华。在父亲被发去档案室整理资料的时候,母亲则领衔主演了北京人艺的建院开场戏《夫妻之间》并广获好评。之后她又陆续出演《布谷鸟又叫了》等经典之作,星途一时大亮。同时,作为外语专业出身的学子,母亲从来没有停止过在译林中的开垦和耕耘。从毕业后和我父亲联手校译涅克拉索夫的《在俄罗斯谁能快乐而自由》,到1959年集结成册世界文化名人的《比昂逊戏剧集》。而这部《阳光下的葡萄干》的翻译,据姐姐追忆,应该完稿于六十年代。

《阳光下的葡萄干》是非裔美国剧作家洛琳·汉斯贝瑞(Lorraine Hansberry,1930—1965)的名作,创作于1959年,剧名取自兰斯顿·休斯(Langston Hughes,1902—1967)的诗《哈莱姆》(*Harlem*)中的一段:

> What happens to a dream deferred?
>
> Does it dry up
>
> Like a raisin in the sun?

兰斯顿·休斯是美国黑人作家,"哈莱姆文艺复兴"运动中最重要的人物,被誉为"哈莱姆桂冠诗人"。所谓"哈莱姆",是曼哈顿的一个社区,长期以来是美国黑人的文化与商业中心,也是贫困与犯罪的中心。当然,诗人笔下的哈莱姆是隐喻,如阳光下的葡萄干一般。

　　关于此剧,通常可见于剧评、书评,尤其是两次拍成电影后,各种推介、评论文章汗牛充栋,甚至伟大的马丁·路德·金也在纪念剧作者的文章中说:"对于我们精神世界的奉献……她那充满创造力的文学能力,以及她对当今世界所面临的深刻社会问题的深刻理解,将对我们的后代永具启发意义。"

　　洛琳·汉斯贝瑞写的是一个自己熟悉的故事。她生于芝加哥,在家里四个孩子中最小。尽管她的父母很富裕,但根据当年芝加哥的法律,一家只能住在南区的贫民区。1953 年,她与剧作家罗伯特·涅米洛夫喜结连理,婚后开始全职创作。《阳光下的葡萄干》是她完成的第一部作品,并靠着朋友们筹集的资金于 1959 年在百老汇上演。该剧由当时还鲜为人知的黑人巨星西德尼·波蒂埃(Sidney Poitier)饰演沃特·李·扬格,大获成功,汉斯贝瑞由此成为第一位荣获纽约戏剧评论家协会奖(the New York Drama Critics Circle Award)的黑人剧作家,鉴于她的性别和种族,这在美国戏剧界是里程碑式的成就。

　　这部被称为"第一部在舞台上表现非裔美国人生存现状"的剧本,在美国有着持久的生命力。同名的电影有两部,第一部拍摄于 1961 年,导演丹尼尔·皮特里,男主角沿用了舞台剧演员西德尼·波蒂埃;另一部年代并不遥远,2008年上映,由原名西恩·康布斯(Sean Combs)的"吹牛老爹"(P. Diddy)主演,还获得了当年艾美奖"最佳电视电影"奖项。

不能不佩服母亲的艺术鉴赏力。半个多世纪前,从浩若烟海的世界戏剧之林中,她一眼就判断出——这将是一部经典之作。更令人感慨的是:她竟然顶着当年的政治压力和生活重负,将整个剧本一行行、一页页译出。扪心自问,今天的我未必能够做到。

当年剧本译成,送交出版,未及付梓,漫天的政治风暴已至,竟将书稿埋置废纸,将母亲湮没沙尘,直至埋入大狱! 一千多个潮湿阴冷的日夜,我难以想象,我那曾是上海娇小姐的妈妈是怎样熬过来的。我只记得,当我看到获释回家的母亲已是头发花白、满面蒙尘,我的第一个念头是:这不是我母亲! 这是哪儿找的街道大妈,他们派来监视我的!

但这就是我的母亲。我的母亲她人格高贵,秉性坚强。请允许我在此借用《春月》作者形容我母亲的一段话,因为我觉得任何语言都不可能更准确和精练了:"她从不诉苦,从不怨天尤人。她身上有一种内在的尊严、一种博大的历史感,使她坚定自若,不被生活的播弄所左右,赋予她一种独特的高尚气质。"

沧海横流,方显出大家风范。我的妈妈洗尽铅华,荆钗布裙,厅上厨下,相夫课子。从古文、英语,到绘画、表演,我和姐姐的每一门课,都有母亲参与其中,点拨启发,切磋指引,无异于最佳导师。母亲中西古今通透,文武昆乱不挡,自幼习就的十八般技艺皆派上了用场。我相信,我的妈妈正是在陋室灶间的卑微琐碎之中,完成了她从一个聪慧才女,到一位伟大母亲的升华。与此同时,母亲仍未放下过手中之笔,又翻译过《春月》等多种外文名作……但这部《阳光下的葡萄干》,手稿早已流入民间,不知下落,辗转传徙,直到出现在拍卖台上。

我的第一个念头:立刻把手稿拿下来!但朋友拦住我:别冲动!卖家如知是您,肯定漫天要价!完璧归赵之期势必更杳。

感谢另一位素未谋面的罗姓朋友——远自湖南,遥控上海,偃旗息鼓,匿名出手,终于抢在最后一刻,成功截下手稿!

当这部珍贵的手稿终于快递至北京,到达我的手中时,那一刻真的是百感交集……相信母亲当年灯下笔耕的动力,是看到此剧付梓成书,于是我再一次将手稿交到出版社编辑的手中。当然,我知道作为一个戏剧人,母亲的更大心愿,是把这部由她精心挑选、逐字推敲的世界名剧,最终推上她奉献了一生的北京人民艺术剧院的舞台,展现给广大中国观众。替她老人家实现这一愿望,是我责无旁贷的使命。

感谢人民文学出版社和北京人民艺术剧院。是他们,让母亲60年前的心血终于没有付诸东流……

我将在剧场里恭候您。

英 达

2020.8.8

前　言

　　对于今天美国社会的黑人公民来说，实现法律面前真正意义上的平等、教育和工作的进步以及社会阶层的上升往往和洛琳·汉斯贝瑞的剧作《阳光下的葡萄干》中的人物，还有它所描写的 1959 年的美国所展示出来的一样，像是一个"难以实现的梦"。在不同种族的美国人正在呼唤"黑人的命也是命"，争取结束系统性种族歧视并让"难以实现的梦"彻底成为过去的当下，《阳光下的葡萄干》在中国出版可谓是恰逢其时。著名黑人作家兰斯顿·休斯的诗句启发了汉斯贝瑞对剧名的灵感，同时也为"难以实现的梦"可能带来的动荡敲响了警钟：

哈莱姆（难以实现的梦）

一个梦想难以实现

是否还能永远存在？

会不会干枯萎缩

仿佛一粒葡萄干

在阳光下暴晒？

是像伤口溃烂流脓

臭肉般变质腐败？

还是凝聚糖霜

成为蜜饯香甜可爱？

难堪重压之下

是继续屈身承受

还是爆发不再忍耐？

　　在今天的美国，这种爆发已经带来了关于种族更开放和健康的对话，也带来了对非裔美国人所面临的挑战的更深层次的理解。与此同时，这种对话和理解产生了一个更积极的影响，那就是承认黑人在全球范围内受到不公正的待遇。现在，英达把他母亲1963年翻译的《阳光下的葡萄干》出版，并在北京人艺搬上戏剧舞台，正是对全球种族问题讨论做出的贡献。

在北京人艺圆他父母的梦，对于英达来说，是回家。他母亲充满感情的翻译曾经一度散失，直到不久前才被英达在拍卖会上重新找到，并送回了英家。至此，英达母亲吴世良出版这部剧作的愿望才得以实现，中国读者也将在未来能够阅读到这部经典。英达的父亲英若诚也爱这部剧。1994年6月，当英若诚开始和我交谈并写作他的自传《水流云在》之时，英若诚曾说："我觉得《阳光下的葡萄干》是一部太好的戏剧。"他说，他曾经考虑过导演这部剧，也希望有一天这部剧能以现实主义的方式呈现，让中国观众认为台上就是一个非裔美国人家庭，但同时也不会冒犯场外的黑人群体。"你必须得用现实主义来表现。"他说。谈到在这部剧中使用中国舞台上传统的现实化妆手法时，他说："也许最好的方法是用一种模糊的肤色。"在选角时，不仅要考虑到中国的传统和戏剧模式，也要考虑到国际上对于种族的认识和舞台表现的惯例。我相信，英若诚和吴世良正在看着他们的儿子将这部他们和美国观众都热爱的戏剧带给中国的读者和观众呢。

现在的中国观众应该怎么去理解这部翻译于1963年、由一位黑人剧作家创作于1959年的美国戏剧呢？一个中国观众，坐在北京著名的首都剧场里，又应该怎么看待台上扮演60年前芝加哥非裔美国人的中国演员呢？答案就藏在由《阳光下的葡萄干》的创作所重现的那段历史和上世纪非裔美国人的经历里。

上世纪五六十年代的美国社会是种族隔离的。十七至十八世纪的奴隶制度，那个将非洲人装上轮船并强迫他们干农活、做家务的制度虽然已经在南北战争后被废止，但它的影响仍然持续。《黑人法典》仍然限制着黑人生活的方方面面，《吉姆·克劳法》强制确立了黑人和白人的隔离制度。黑人孩子不允许上白人专属的学校，黑人家庭也不能在白人专属的社区生活。这种隔离还广泛存在于教堂、办公室、游泳池、公园、墓地和公交车上。甚至到了上世纪40年代，种族隔离仍然在工作场所、学校和社区存在。不公正的住房歧视即是《阳光下的葡萄干》中的核心冲突之一。一家之主莱娜·扬格用她已故丈夫的保险赔偿金为她的家庭在白人社区投资了一幢房产，而这个社区的其他业主并不欢迎他们的到来。作者本人的家庭就有同样的亲身经历。洛琳·汉斯贝瑞的父亲在1937年在芝加哥的一个白人社区买了一栋房子，当他们搬进新家，受到的欢迎就是一群暴徒投来的砖头。一个邻居甚至把汉斯贝瑞一家告上了法庭，而法院命令他们离开。他们没有执行法院的判决,在1940年上诉到最高法院并成功胜诉,一家人不必搬走。但是直到1948年因为种族而限制一个人的居住地点才被宣布为非法,而美国社会种族隔离制度直至1964年民权法案通过才最终瓦解。

因此,在洛琳·汉斯贝瑞和剧中扬格一家人的世界里,非裔美国人承受着来自法律和自奴隶制时期延续下来的种族歧视文化的双重压力。几个世纪以来的种族压迫,不是短短几十年或几代人的时间能够清除干净并予以补偿的。这种世代以来持续不断的偏见,正是系统性种族主义的来源。而系统性种族主义使得很多生活在美国的黑人个体和家庭,仍然面临着1940年代汉斯贝瑞和1950年代扬格一家人所经历的一样的歧视。住房上的歧视、工资上的差距、缺少工作机会、教育不平等,这些都是《阳光下的葡萄干》所关注的问题,也是当今美国社会仍然存在的问题。通过阅读或观看这部剧,中国的读者能更好地明白这些美国问题。

除此以外,这部剧还探讨了一些世界各地不同文化、不同社会中的人们都会遇到的一些共性问题,比如:来自于种族或者阶级的不公正待遇,一个母亲的丧偶之痛和孩子们的丧父之痛,工资不够的时候维持生计的艰难,一个大家庭中的代际冲突,独生子想要出人头地的压力,一个年轻女性的职业发展,追求同一个女人的两个男人之间的竞争和冲突,等等。这些冲突和问题存在于古今中外的所有家庭中。剧中一家人面临的复杂问题和关系与中国读者和观众都是相通的,所以他们也能对剧中角色的挣扎感同身受。

在能够认同和理解一个母亲或是女儿或是兄弟或是追求者的心路历程之后,中国读者也能更好地理解和同情非裔美国人在上世纪 50 年代和今天所面临的困境。这也是《阳光下的葡萄干》这部剧为什么能屡次获奖,并且在 1959 年被搬上百老汇后火爆了整整一年,今天仍然在美国的专业剧场和大学中频繁重演,经久不衰的原因。这部剧之所以成为一部伟大的美国经典剧作,不仅是因为它讲述了扬格一家人仅仅因为他们的肤色而承受苦难,也因为它讲述了所有受到不公正待遇但仍然为爱付出的家庭的故事。这是一个美国故事,一个黑人故事,但同时也是一个世界的故事。

理解剧中角色的一个好方法,就是去挖掘每个角色背后的原型。莱娜·扬格是妈妈和一家之主,她表现了尊严,相信要赚钱才能养活一个大家庭。沃特·李·扬格是个挣扎者,他的爸爸在实现莱娜认同的价值观时英年早逝，所以他本人想要回他认为属于他的钱，然后出人头地。他想要用父亲的保险金进行商业投资，去赚快钱。他被当时社会里黑人缺少机会的现实深深困扰着，他的自尊心也因此受到打击，所以他必须孤注一掷。班妮莎·扬格是个探索者，她醉心于艺术、文化和历史。她想要了解更多祖先的非洲文化和基因，也渴望能够上医学院，成为一名医生。班妮莎需要钱才能成功。如丝·扬格是一个中间人，她的想法与莱娜的传统价值观相通，但又在面对沃特·李的时候，为自己的性别角色感到左右为难；她认为班妮莎逃避责任，但又羡慕她的自由。为了生计，如丝精打细算。

一家人之外，沃特·李的朋友勃勃，还有同时追求班妮莎的两位男士乔治·莫奇森和约瑟夫·阿萨盖，还有唯一的白人角色卡尔·林纳，也是剧中的角色。勃勃是个赌博者，他把沃特·李哄骗进一个注定失败的致富机会里。为了成功，他不惜冒险。乔治·莫奇森是个继承者，对他来说上学只是为了进入父亲的公司并继承家产。只要继承，他就能成功。约瑟夫·阿萨盖是一个成就者，他是来自尼日利亚的留学生，在他身上有一种移民的刻苦劲头。他用自己的汗水获取成功。卡尔·林纳是一个经纪人，他高高在上，自命不凡，处处体现出家长的做派。

他利用金钱去掌控一切。

　　莱娜生养,沃特·李挣扎,班妮莎探索,如丝调节,勃勃赌博,乔治继承,阿萨盖成就,卡尔操纵。我们都认识这样一些人,他们也有自己的梦。剧中的每一个角色都用自己的方式追求着心中的美国梦。那么,美国梦又是什么呢?一栋房子,一个家庭,一种意义,还是一种可以抛弃的陋习?有些人的梦是无私的,而有些人的梦是自利的。有些梦重叠,而有些梦冲突。一些梦是可以实现的,而另一些梦是不可想象的。但是,无论这些梦是什么,无论梦实现与否,汉斯贝瑞告诉我们人一定要有梦。做梦的能力是我们走向进步、走向平等、走向启蒙、走向自由的道路。在《阳光下的葡萄干》的最后,我们也许不知道扬格一家人是否都实现了他们的梦,但我们相信至少有一个梦想会成真。究竟是哪个梦呢,请开始欣赏这部杰出的剧作吧……

[美]Dr. Claire Conceison(康开丽),

美国 MIT 戏剧教授

2020.8.20

肖健鹏 译

1975 年 7 月，北京
与丈夫英若诚、儿子英达、外甥芮菁、外甥女芮茵

1938 年 4 月，江苏昆山

1952 年 6 月，北京人民艺术剧院

1985 年 12 月，北京

1980 年 3 月，意大利米兰
与丈夫英若诚随中国戏剧家代表团出访欧洲

左起：吴世良，中国驻旧金山总领事胡定一，英若诚，意大利驻旧金山总领事

1980 年 3 月，英国牛津
与丈夫英若诚随中国戏剧家代表团出访英国

1952 年，北京人民艺术剧院
建院开锣戏《夫妻之间》

献给妈妈:为了这个梦而感谢您

人　物　表

莱娜·扬格——妈妈

沃特·李·扬格

班妮莎·扬格——沃特·李的妹妹

如丝·扬格——沃特·李的妻子

崔维斯·扬格——沃特·李的儿子

约瑟夫·阿萨盖——尼日利亚留学生

乔治·莫奇森——黑人大学生

卡尔·林纳

勃勃

本剧的情节发生在芝加哥南部,时间在第二次世界大战与现在之间。

一个梦想难以实现

是否还能永远存在？

会不会干枯萎缩

仿佛一粒葡萄干

在阳光下暴晒？

是像伤口溃烂流脓

臭肉般变质腐败？

还是凝聚糖霜

成为蜜饯香甜可爱？

难堪重压之下

是继续屈身承受

还是爆发不再忍耐？

——［美］兰斯顿·休斯

第　一　幕

第 一 场

〔扬格家的起居室原本倒也可以算作一间舒适而井井有条的房间,只可惜许多无法消除的痕迹抵消了这种印象。房中的家具是典型而普通的,它们目前的基本特色是:显然它们已经为太多人的生活服务并年头太久——因为它们精疲力尽了。不过我们还看得出来当初——这家子人可能都不记得那些时光了(也许妈妈除外),这房中的家具还真是由主人珍爱而细心地挑选的,挑选时主人甚至还满怀着希望——而运到这公寓里来之后也是用了审美的眼光,带着自豪的心情布置妥帖的。

〔那是很久以前的事了。那躺椅的蒙布上的花样一度曾受到大家的喜爱,现在这些花样要挺费劲才能从大片大片的针线活儿中和椅套底下钻出脸来;这些针线织补和椅套子已经喧宾夺主,变得反倒比躺椅蒙布更重要了。为了掩盖地毯上磨损的地方,只好把桌子往这边移一点,椅子往那边挪一点;但地毯偏要抵制这种努力,它在其余的毯面上均匀地露出一副敝旧不堪的样子,令人十分丧气。

〔事实上,"敝旧"已经成为这间屋子里压倒一切的特色。一切东西都被擦过、洗过、坐过、用过、打磨过太多次了。这房间里只剩下居家过日子的气息,除此之外任何的装饰打扮都早就消失得无影无踪了。

〔房间中屋顶向后倾斜出去、拼成一个小小的厨房的那个角落,虽然房东的租约上硬要说成是个独立的房间,其实只是这房间的一部分,这家人就在这里做饭,吃饭则在说话的起居室里,因而起居室同时必须当作饭厅用。这"两间"房间唯一的那扇窗开在厨房地区,这家子人一天之中所能享受到的全部自然光,就只有从这扇小窗中好不容易透出来的那一点点天光。

〔台左有一扇门,通向妈妈和她的女儿班妮莎合住的卧室。台右对面另有一间房间(在这所公寓初建成的时期可能是早餐室),是沃特和他的妻子如丝的卧室。

时间：战后与现在之间的某一时间。

地点：芝加哥南区西部。

〔幕启时：起居室中曙色未明。崔维斯熟睡在房间当中的一张临时床铺上。台右房间里闹钟响了，片刻之后，如丝从房中走出来，顺手关上了房门。她睡眼蒙眬地向窗口走去。当她经过她熟睡着的儿子崔维斯身边时，她弯下腰去推了推他。她走到窗口拉窗帘，一线芝加哥南部的暗淡的晨光微弱地射了进来。她灌好一锅水放在火上，然后一面打着呵欠，一面稍有点闷声闷气地叫崔维斯。

〔如丝大约三十岁上下。我们可以看得出来她曾经是个漂亮的姑娘，甚至是非常漂亮，可是显然现在的生活大不如她当初所期望的那样，因此她的脸上已经开始挂上了岁月的沧桑。再过几年，甚至不过三十五岁，她同族的人们就会认为她"这辈子再没多大指望"了。

〔她穿过房间走到她儿子身边，狠狠地把他彻底推醒。

如　丝　起来吧,儿子,七点啦!(她的儿子终于坐了起来,仍旧困得发愣)快点,听见没有,崔维斯!全世界不光是你一个人要用厕所!

〔孩子是一个十岁或十一岁的结实漂亮的小男孩,他勉强从床上爬起来,几乎闭着眼睛抄起毛巾,从抽屉和壁橱里拿出"今天的衣服",走到厕所去。厕所在外面走廊上,是同一层楼上两家或几家合用的。

如　丝　(走到台右的卧室门口,推开门,向着门里叫她的丈夫)沃特·李!……七点都过啦!你也该使劲儿醒醒啦!(她等了片刻)你起不起呀?跟你说七点半啦!(她又等了片刻)好好好,你尽管躺着甭起来!崔维斯马上就洗完,厕所马上就让姜森家占了,你又该急得什么似的转磨骂街了!完了还得迟到!(她等了一会,再也忍不住了)沃特·李——该起床啦!

〔她又等了一秒钟,正要走进卧室去,但显然她丈夫已经开始起床,因此她停住步,关上门,回到厨房区域来。她用一块湿布擦擦脸,用手指通了通睡得乱蓬蓬的头发,但没什么效果,然后她在便衣外面系上一条围裙。台右卧室的门开了,她的丈夫穿着揉皱的不成样儿的睡衣睡裤站在房门口。他是个瘦而情感强烈的年轻人,三十多岁,动作比较快而神经质,说话有反复的习惯——他的语调里老有一种指责的调子。

沃　特　他出来啦?

如　丝　你说什么,出来?他刚进去。

沃　特　(溜达进来,对睡眠仍旧比对这新的一天更向往)那你催个什么劲儿?(停下步,想着)支票是今天到对吧?

如　丝　说的是星期六,今儿才星期五。再者说了,你能不能别大早上起来一张嘴就提钱——我实在听够了!

沃　特　你大早晨的怎么了?

如　丝　没怎么——就是困——鸡蛋你要怎么吃?

沃　特　不要摊的。(如丝开始摊鸡蛋)报纸来了吗?(如丝不耐烦地指指桌上卷着的《芝加哥论坛报》。他拿过来,摊开,大概其地看了看头版)昨儿又出一大新闻嘿!

如　丝　(最大程度的漠不关心)是呀?

沃　特　(抬头看她)你怎么啦?

如　丝　怎么也没怎么!别一早晨老问我这句……

沃　特　又没人招你……（又心不在焉地看当天的新闻）嗯，麦柯密克上校病了。

如　丝　（装出茶会上应酬式的兴趣）真的吗？好可怜哟！

沃　特　嘻！（他等了一会儿，看自己的表）这么半天了这孩子在厕所干吗呢？他不能再早点起呀？不能为了他在厕所磨磨蹭蹭耽误我上班呀！

如　丝　（向他发作）哼，你倒想！他才起不了更早呢！他晚上没法早点睡能怪他吗？一群有病的二流子，晚上十点多还坐在他睡觉的屋子里夸夸其谈……

沃　特　哦，合着你一大早闹别扭是为了这个？你那意思，我跟我的朋友谈的肯定都是废话，对吧？
　　　　〔他站起来，从桌上如丝的手提包里找出一根香烟，走到小窗前向外眺望，一面抽烟并且十分享受这第一支烟。

如　丝　（这牢骚已经说疲了，不值得再大惊小怪，几乎成了刻板文章）你为什么一早起不吃饭非先抽根烟？

沃　特　（站在窗口）就瞧下边那些人，着急忙慌去上班那样儿……（他转身面对他妻子，她正在炉子旁边干活。他定睛看了她一会儿,忽然地)你今儿看起来很年轻,宝贝儿。

如　丝　(淡漠地)是吗?

沃　特　就那么一下儿——你摊鸡蛋那下儿……现在过去了——就刚才那一秒钟的工夫——你又年轻貌美了一下子……(又变得冷淡地)现在过去了——你又老样子了。

如　丝　你快闭嘴吧你——

沃　特　(又向窗外眺望)人生在世,千万别大早上跟黑种女人谈情说爱。早晨你们全都是泼妇……

〔崔维斯在走廊门口出现,几乎穿戴整齐了,也已经完全醒了。他的肩膀上搭着毛巾和睡衣睡裤。他推开门,向爸爸打手势,示意他赶快进厕所去。

崔维斯　(看看厕所)老爸,来呀!(沃特抓起他的盥洗用具,快步进厕所)

如　丝　坐下吃早点,崔维斯。

崔维斯　妈,今儿星期五了——(兴高采烈地)支票明儿来,对吧?

如　丝　你少惦记钱!吃早饭。

崔维斯　(吃)说让我们今儿早晨带五毛钱到学校。

如　丝　我今儿早晨没有五毛钱。

崔维斯　老师说必须带。

如　丝　我不管老师怎么说,反正我没钱。吃你的早饭,
　　　　崔维斯。

崔维斯　我吃着呢……

如　丝　别说话,好好吃! (对于她的不通情理,孩子只
　　　　有愤然。他瞪她一眼,勉强地吃着)

崔维斯　要不,我问问奶奶?

如　丝　你敢! 不许你老跟奶奶要钱,听见没有?

崔维斯　(愤慨地)哎哟! 我又没要,她老给我呀!

如　丝　崔维斯·维拉德·扬格——今儿早晨我烦心事
　　　　太多,你别再——

崔维斯　也许爸爸……

如　丝　崔维斯!

　　　　〔孩子一下子不作声了。两个人都默然而紧张
　　　　地停顿了几秒钟。

崔维斯　(又开口了)那,放学以后能让我上超市去帮忙
　　　　送货吗?

如　丝　我叫你别说了! (崔维斯使劲把勺往麦片粥碗
　　　　里一插,气冲冲地用拳头托住头)你要是吃完
　　　　了,去把自己床铺好!

〔孩子直僵僵地服从了命令，几乎机械地走到床边，认真仔细地叠好被子。他把被褥送到妈妈的房间里，拿着书本和帽子回来。

崔维斯 （绷着脸，不自然地离妈妈远远地站着）我走了。

如　丝 （在炉边抬起头来，习惯地察看他一看）过来！（他走到她身边，她仔细看他的头）你最好拿这把梳子通通你这脑袋！（崔维斯委屈之极地长叹了一口气，放下书，走到镜子前面。他的母亲低声嘟囔，数落他的马虎脾气）脑袋像个乱鸡窝似的就出门！我真不懂你打哪儿学来的这种吊儿郎当的派头！……拿上外套，今儿早晨外头好像挺凉……

崔维斯 （头发刷得精光，拿着外套）我走了。

如　丝 拿着车钱跟饮料钱——（摇摇指头）可一个子儿也不许拿去买摔炮，听见没有？

崔维斯 （不高兴但有礼貌地）知道了。

〔他憋着一肚子气转身要走。他母亲在背后望着他向门口走去时，那垂头丧气几乎是滑稽的样子。等她再开口对他说话时，她的语气已经变成了非常温柔的逗弄。

如　丝 （用她认为他会用的口气，嘲弄地）哼，老妈有时候真气人哈？我真不知道该怎么办！（她等了片刻，看到他停在门口，继续朝他的背影说）今儿早晨我说什么也不乐意亲我老妈，跟她说再见！（孩子终于转过身来，向她翻翻眼皮，心里明白她的情绪已经转变，他的冤屈已经得到洗刷了，但是他还是不朝她走去）坚决不！（她终于朝他放声大笑，向他伸出双臂；我们看得出这是他们两人之间常来的老一套。他走近她，让她温情地拥抱他，但脸上仍旧不动声色，保持着男子汉的尊严。接着她把他向后推开一点，看着他，用手指摸着他的五官，极其温柔地）嗬，哪儿来这么个气呼呼的小老头儿呀？

崔维斯 （男子汉的尊严和脾气终于开始消失了）哎哟妈……

如　丝 （学他）哎哟妈……（她开玩笑地粗暴而坚决地推他向门走去）走吧走吧，要不你该迟到了！

崔维斯 （在爱面前，又来了新的攻势）妈妈，劳驾让我去送货行吗？

如　丝 乖，晚上天儿已经冷起来了。

沃　特 （从厕所走进来，从一只假想的皮套子里拔出手枪来向他的儿子开枪）他要干吗？

如　丝　放学以后想到超市去打工。

沃　特　行啊,去呗……

崔维斯　(赶快向他的同盟者)不去不行啊——她不给我
　　　　那五毛钱……

沃　特　(面对他的妻子)为什么不给?

如　丝　(简简单单带着弦外之音)因为咱没钱。

沃　特　(只对如丝)你跟孩子瞎说什么呀?(用颇为神
　　　　气的动作伸手到裤兜里)给你,儿子——
　　　　〔他把银币交给孩子,但眼睛却看着妻子。崔维
　　　　斯高兴地接下钱。

崔维斯　**谢谢老爸!**
　　　　〔他往外走。如丝恶狠狠地瞪着他们两人。沃
　　　　特站着不动,用挑战的神气回瞪她,一转念忽然
　　　　又伸手到口袋里。

沃　特　(连看都不看儿子,仍旧使劲瞪着妻子)干脆,再
　　　　给你五毛……今儿自己去买点什么好吃的——
　　　　再不,打个"的"去上学——都行!

崔维斯　**太好啦!**
　　　　〔他跳起来,两腿夹住爸爸的腰,他们面对面亲
　　　　密地互相看看;沃特·李慢慢地绕过孩子瞥了
　　　　他妻子一眼,正遇见她盛怒的目光,他像被击中

似的缩回头来。

沃　　特　好了，下来——上学去吧，小伙子！

崔维斯　（在门口）是喽，再见！（下）

沃　　特　（骄傲地指着孩子的背影）这才像我儿子！（她
　　　　　厌烦地看他一眼，转身去继续工作）你知道今儿
　　　　　早晨我在厕所的时候想什么吗？

如　　丝　不知道！

沃　　特　成心让人不痛快是吧？

如　　丝　有什么可痛快的？

沃　　特　所以让你知道我在厕所想了什么呢！

如　　丝　我知道你想什么。

沃　　特　（不理睬她的话）我在想——昨儿晚上我跟威
　　　　　利·哈里斯谈那事。

如　　丝　（马上——这是句口头禅了）威利·哈里斯是个
　　　　　大忽悠。

沃　　特　甭管谁，只要跟我谈事儿，就一准是个大忽悠，
　　　　　对吧？你怎么就认准了人家是大忽悠？查理·
　　　　　艾金斯约我入伙他那个干洗公司那回，你就说
　　　　　他是个大忽悠——说过没有？可现在呢——人
　　　　　家一年挣十万块！一年十万块美金呢！说人家
　　　　　大忽悠！

如　丝　（痛苦地）哦，沃特·李……（她伏在桌上，埋下头去）

沃　特　（站起来，走到她身旁，俯身向着她）日子过烦了，是吧？对我，对孩子，对这种生活，对这个破烂摊子——对这一切都腻味了，是吧？（她不抬头也不回答）烦归烦，一天到晚唉声叹气，可是你就不肯出把子力气想想办法！你肯吗？你就不能给我一回支持吗？……

如　丝　沃特，求求你别啰嗦了！

沃　特　一个男人需要一个女人给他支持……

如　丝　沃特……

沃　特　咱妈听你的。你的话比我跟班妮的管用。她最喜欢你。你哪天早晨喝咖啡的时候往她身旁一坐，就像平常那样聊天——（他在她身旁坐下，按照他认为她应该采用的那种手法和语气，形象地给她示范）你就喝一口咖啡，知道吧？喝完你就随随便便地聊起来，你说，你想了想沃特·李看上的那生意，那个店，说到这儿你再喝口咖啡，就跟你对这不怎么在意似的——你猜怎么着，她马上就会仔细听你说，问这问那，等我回家的时候，我就可以给她讲细节了。这可不是随便说说呵,宝贝儿……我是说我们要盘算好了,我跟威利,还有勃勃……

如　丝　(皱眉)勃勃?

沃　特　对呀!我们打算开的这个小酒吧要花七万五,我们算了:酒吧的开办费差不多得三万,知道吗?那就是一人一万……当然,还有几百块小钱儿非掏不可,要不你等那群财迷给你批执照就得等一辈子——

如　丝　你是说行贿?

沃　特　(不耐烦地皱眉)别说那么难听嘛!这说明你们女的不了解现在的社会!夫人,这个世道,想办点事就非塞钱不可,要不你什么都干不成!

如　丝　沃特,给我闭嘴!(她抬起头来,目光灼灼地注视他——然后较为平静地)吃你的鸡蛋吧,快凉了。

沃　特　(直起身来,离开她,眼望着远处)永远这样!我就知道……一个男人对他的女人说:我有一个梦想。他女人回答说:吃你的鸡蛋吧!(悲哀地,但越说越有力量)男人说:亲爱的,我要征服这个世界!可是女人偏说:吃完你的鸡蛋上班去!(情绪变得非常激动)男人说:我一定把生活变个样儿,否则就要憋死了,宝贝儿! 可是他的女人说——(用双拳击股,极其痛苦地)你的鸡蛋快凉了!

如　丝　(轻柔地)沃特,那不是咱们的钱。

沃　特　(根本不听,连看也不看她)今儿早晨,我一边照镜子一边想……我已经三十五岁了;我已经结婚十一年了,就这么一个宝贝儿子,还得让他睡客厅——(非常、非常沉静地)我什么也给不了他,只能给他讲讲白人过得多阔气的故事……

如　丝　吃你的鸡蛋吧,沃特。

沃　特　滚他妈的臭鸡蛋! 全世界的臭鸡蛋!

如　丝　那就上班去。

沃　特　(抬头望着她)你看,我想跟你推心置腹地……(一边重复着她的话一边摇头)可你就知道说:吃了鸡蛋上班去。

如　丝　(疲乏地)亲爱的,你有点新鲜的没有? 我每天从早到晚听你说这一套——(耸耸肩)说来说去就是:你要当阿诺德先生,不想当他的司机! 那——我还想住白金汉宫呢!

沃　特　天下黑种女人都这样儿……不懂得怎么帮夫旺夫,让丈夫感到自信,让他相信自己也能成事!

如　丝　（冷淡地,但话中带刺)能成事的黑种男人也有的是。

沃　特　那都不是黑种女人的功劳!

如　丝　那,我就是个黑种女人,我自己也没辙!

〔她站起身来,取出熨衣服的架子,支好,动手熨一大堆晒干了还没熨的衣服。在熨之前她先把衣服喷上水,然后把它们紧紧卷成一个圆鼓鼓的球。

沃　特　（嘟囔着)这个种族的女人全都是小心眼儿,我们这帮男人都让你们连累了!

〔他的妹妹班妮莎走进来。她大约廿岁上下,像她哥哥一样苗条而情感强烈。她跟她嫂子的漂亮不一样,她那瘦削的、几乎可以说知识分子气的脸自有它的好看之处。她穿着一件鲜红的绒睡衣,浓密的头发在头上乱成一团。她的口音是很多种东西的一种混合物;和这家里其他成员的口音不同,因为她所受的教育影响了她的英文——中西部的口音终于压倒了芝加哥南区的口音而在她的发音中占了上风;但也不尽然如此,因为整个听起来,她的发音中有一点轻柔的含混不清之感,韵母说得也不准确,这却肯定是芝加哥南区的影响。她穿过屋子,不看如丝也不看沃特,直走到走廊的门口,望了望厕所。她看到厕所已经被姜森家占用了。她带着睡意恶狠狠地关上房门,走到桌旁,无可奈何地坐下。

班妮莎　我要给他们计时。看他们到底在里边待多久!

沃　特　你早点起床就对了。

班妮莎　(双手捂住脸,还在和重新上床的欲望作斗争)是吗?你那意思我天一亮就起?……报纸在哪儿?

沃　特　(把报纸从桌子对面推给她,一面像大夫观察病人似的打量着她,好像他从来没见过她似的)大早晨起来你可真是个丑丫头……

班妮莎　(冷淡地)你也早晨好!

沃　特　(毫无意义地)学校怎么样?

班妮莎　(仍像刚才一样)好哇,好。知道吗,生物课最有意思——(抬头看他)昨天我解剖了个东西,长得跟你一模一样。

沃　特　我就是想知道知道,你到了儿想学什么。

班妮莎　(语气开始变得尖利而不耐烦)我跟你说多少遍啦——昨天,前天?

如　丝　（站在熨衣架旁边插嘴,语气像个置身事外的老
　　　　女人）别这么厉害,班妮。

班妮莎　（仍对着哥哥）还有大前天,还有大大前天!

沃　特　（为自己辩解）我这不是关心你嘛,这也不对?
　　　　很少有女孩子会决定——

沃　特　（与班妮莎同时）——当医生。

　　　　〔沉默。

沃　特　咱们算算:学医得花多少钱?

如　丝　沃特·李,你就少烦她几句,自己出门去上班吧!

班妮莎　（走到外面去捶厕所门）出来吧,拜托!（她又回
　　　　到房间里来）

沃　特　（凝神注视着妹妹）你知道支票明天就来了。

班妮莎　（以她特有的尖锐,转身冲着他）沃特,那笔钱是
　　　　妈妈的,她愿意怎么花得由她决定。她是想买
　　　　所房子,还是买航天飞机,还是把钱就钉在墙上
　　　　看画儿,我都管不着。钱是她的,不是咱们
　　　　的——她的!

沃　特　（辛辣地）说得多好听呀! 就你跟妈一条心,对
　　　　吧,姑娘? 你真是个孝顺闺女——反正老妈只
　　　　要拿到了钱一准儿拿出几千块来供你上学——
　　　　对不?

班妮莎　我从没要求过这家里的任何人为我做任何事。

沃　特　是没说过！到时候伸手拿多方便呀！

班妮莎　（激怒）你到底想要怎么着，大哥？要我立马辍
　　　　学还是干脆死了算了，怎么着你满意？

沃　特　我要你怎么着，就是让你少在家里充圣人。我
　　　　跟你嫂子为了你没少作牺牲——你怎么就不能
　　　　为家里出点力气呢？

如　丝　哎，这里边没我什么事儿呵……

沃　特　怎么没你事儿——这三年来你没一睁眼就奔人
　　　　家厨房去打工，好叫她有吃有穿？

如　丝　哎呀，沃特——也不能这么说……

沃　特　倒不是想叫你跪在地上说：谢谢你，大哥！谢谢
　　　　你，嫂子！谢谢你，老妈！还有，谢谢你，崔维
　　　　斯，苦了你一双鞋穿两年……

班妮莎　（“咕咚”一声跪在地上）好！我跪下——这行
　　　　吗？谢谢所有的人……原谅我，因为我居然想
　　　　当个大人物……原谅我，原谅我吧！

如　丝　哎哟，你别这样呀！再让妈听见……

沃　特　谁他妈灌输你非当大夫的？你要是非跟病人
　　　　凑一块堆儿不可，你就跟别的女的似的，当个
　　　　护士完了——要不就找个人嫁出去，瞎闹什

么呀……

班妮莎　好啊！你到底说出来了……你憋了三年,今天终于说出来了！沃特,歇了吧你！跟我闹没用——那是老妈的钱。

沃　特　他也是我的爸爸！

班妮莎　那怎么了? 他也是我爸爸,也是崔维斯的爷爷……可是保险受益人是妈！跟我找碴儿吵架也不能叫她把钱给你,去开什么破酒吧——(往椅子上一坐,低声)而且我要说,为了这个,求上帝保佑妈妈！

沃　特　(对如丝)你听听！你听听！

如　丝　亲爱的,劳驾上班去吧。

沃　特　这家里永远不会有谁了解我！

班妮莎　因为你有病。

沃　特　谁有病?!

班妮莎　你——你有病！你病得不轻呢,哥们儿。

沃　特　(在门口看着妻子和妹妹,十分悲哀地)全世界最落后的民族！没错儿……

班妮莎　(在椅子上慢慢转过来)可是有一大堆你这样的先知想带着我们走出荒野——(沃特一摔门出去了)带到沟里去！

如　丝　班妮,你干吗总跟你哥哥过不去? 有时候温柔
　　　　点怕什么的? (门开,沃特又走进来)

沃　特　(对如丝)给我点公交车钱。

如　丝　(看着他,不禁温情起来;逗弄他,但温柔地)就
　　　　要公交钱呀? (她走过去从手提包中取出钱来)
　　　　不叫个"的"去上班呀?

　　　　〔沃特摔门下。妈妈走进来。她年纪刚过六十,
　　　　身材丰满壮实。她自有一种美和大方的风度,
　　　　但这种美和风度绝不扎眼,因为人们总要和她
　　　　相处片刻之后才会感觉到。一圈雪白的白发衬
　　　　着她深棕色的脸。她在生活中饱经忧患,适应
　　　　过也克服过很多困难,因而她一脸坚毅。看得
　　　　出来,她有风趣,也具有某种信念,这使她的眼
　　　　睛至今神采奕奕,充满着兴趣和期待的光芒。
　　　　总之,她是个很美的女人。她的姿态大概和非
　　　　洲西南部赫雷罗族妇女那种庄重的姿态最相
　　　　似——就好像她想象自己走路时头上还顶着篮
　　　　子或罐子似的。但她的语言却和她那严谨的姿
　　　　态正相反,非常马虎——她说话往往爱含混不
　　　　清一切都带过去——她的嗓音要说沉静倒不如
　　　　说是柔和。

妈　妈　这是谁一大早摔门呀？（她穿过房间，走到窗前，打开窗，窗台上有一个小花盆，盆里顽强地生活着一棵瘦小的植物。她把它拿进来。摸摸盆里的泥，又把它放回原处）

如　丝　是沃特·李。他又跟班妮闹别扭来着。

妈　妈　我这俩孩子都这脾气！老天爷，这盆可怜的小花要是不能多见点太阳，可就活不到春天了。（她从窗口转回身来）你今儿早晨怎么了，如丝？你看着可有点憔悴。你想把这一大堆活儿都熨出来啊？搁那儿吧，回头我干。班妮乖，这儿风太大，你衣服都没穿好就坐在这儿可不行。你的罩衣呢？

班妮莎　送去洗了。

妈　妈　那就把我的那件穿上。

班妮莎　我不冷，妈妈，真的。

妈　妈　我知道——可是你这么瘦……

班妮莎　（脾气不好）妈，人家不冷嘛！

妈　妈　（看见了崔维斯铺的临时床铺）老天爷呀，瞧瞧这床吧！我这大宝贝——费了劲了，对吧？（她向崔维斯铺得乱七八糟的床走去）

如　丝　他费什么劲……他准知道您会跟他后头收！所

028

以他到现在什么也干不好，都是您把这孩子
惯的！

妈　　妈　嗐，他是个男孩，本来就不该干家务活儿……我
的小宝贝——你今儿早晨给他吃早饭了吧？

如　　丝　（不悦）我还能饿着自个儿的儿子？

妈　　妈　得，我不多嘴——（小声嘟囔，多嘴地）我就是看
见他上礼拜一直吃麦片，现在天儿凉了，孩子得
吃口热乎的，不然出门灌一肚子凉风……

如　　丝　（愤然）我给他吃的热麦片！这行了吗？

妈　　妈　我不多嘴。（停了一会儿）粥里搁黄油了吗？
（如丝生气地瞪她一眼，不回答）多搁点黄油他
爱吃。

如　　丝　（忍无可忍）妈——

妈　　妈　（转对班妮莎——妈妈讲话有时候就会岔到别
处去）你跟你哥哥今儿早晨闹什么？

班妮莎　没什么，妈。

〔她站起来，走去看外面的厕所。厕所这会儿显
然没人，她抓起毛巾赶紧冲了进去。

妈　　妈　他们俩为什么呀？

如　　丝　您知道。

妈　　妈　（摇摇头）她哥不就是惦记那笔钱吗……

如　丝　您看您知道吧。

妈　妈　你吃早点了吗?

如　丝　喝了口咖啡。

妈　妈　孩子,你应该多吃点,照顾好自己的身体。你跟崔维斯都太瘦。

如　丝　妈——

妈　妈　嗯?

如　丝　您打算怎么花?

妈　妈　孩子,别提这事。一大早起就谈钱,不好。正派人不能这样儿。

如　丝　我是看他一心就惦记那个店——

妈　妈　你是说威利·哈里斯忽悠他投资的那个酒吧?

如　丝　就是。

妈　妈　如丝,咱们不是生意人。咱们是靠干活挣钱的。

如　丝　没试过谁知道呢? 沃特·李说,这个世道里人想要出头,就得想点子碰运气——比如投资什么的。

妈　妈　你怎么了,孩子? 投资这事,沃特·李把你心眼儿说活泛了?

如　丝　那倒不是。妈妈,沃特跟我之间有点什么不对劲了。什么不对劲我说不上,但是他需要——

这我没法儿给他——他需要这个机会,妈妈。

妈　妈　(眉头紧皱)可是卖酒这事儿,亲爱的——

如　丝　沃特说——人反正是要喝酒的……

妈　妈　他们喝不喝不是我的事,可是卖不卖给他们就是我的事了。我这么大岁数了,不想造这个孽……(突然停住嘴,仔细观察着媳妇)如丝·扬格,你今天怎么了?你看起来风一吹就能倒下……

如　丝　我累了。

妈　妈　那你今天最好在家歇歇,别去上工了。

如　丝　我歇不了。那位太太一定会打电话给佣工介绍所,冲他们大喊大叫:"我的女佣人今天没来上工——给我派个人来!我的女佣人没来上工!"她肯定得大闹一场……

妈　妈　让她闹去。我给她打个电话,就说你得了流感……

如　丝　(笑了)干吗非是流感?

妈　妈　因为流感是个正经病。白人也得流感。你要光说你病了,他们一准儿想:肯定是挨了一刀!

如　丝　我得去!咱缺这钱。

妈　妈　这些日子呀,我这些孩子们在家成天谈钱,外人听了还以为咱们说话儿就要饿死了呢……孩子,明天就要给咱们送来一张货真价实的大支票啦!

如　丝　(真诚地,但也感觉到自己很公正)那是您的钱。跟我们没关系。我们都这么想的——沃特,班妮,我——连崔维斯也一样。

妈　妈　(沉思地,眼神忽然变得非常迷茫)一万美金呀……

如　丝　大钱。

妈　妈　一万美金。

如　丝　您知道该怎么办吗,妈妈?您该去旅行!去一趟欧洲,或是南美洲什么的——

妈　妈　(想到这种事不禁把双手一举)你说什么呢,孩子?

如　丝　真的。您就来一场说走就走的旅行!痛痛快快地玩一阵儿!忘掉家人,一辈子也好好享一次福——

妈　妈　(平淡地)说得好像我就快死了似的。谁跟我一块儿去呢?我一个人跑到欧洲去瞎转什么呀?

如　丝　去呗!那些有钱的白种女人都这样儿,人家就没那么些事儿,行李一打就上了大邮轮——"嗖"的一下子,走了,老太太!

妈　妈　我装不成有钱的白种女人。

如　丝　那——您准备拿这钱干什么用呢？

妈　妈　我还没拿定主意……（思索着，她加重了语气）一部分得给班妮莎存起来，作为她的教育费——这一部分说什么也不能碰。不能。（她等了几秒钟，有件事她努力想下个决心；在继续开口之前她试探地看了如丝一眼）我琢磨着呵，要是咱们把这笔保险费拿出一部分来当定金，大伙儿再都努力工作，也许咱们在哪儿买上一所旧的、两层的小房子，带个院子，夏天的时候崔维斯能在院子里玩。要是我能再接点活儿，一礼拜干几天——

如　丝　（偷偷地观察着婆婆，故意全神贯注地熨衣服，急于想鼓励她但又不露痕迹）真的哈，咱们为这个耗子窝付的房租加一块儿，买四所房子也够了……

妈　妈　（听到"耗子窝"这个说法，抬起头来四顾了一番，向后一靠，叹了一口气——忽然陷入了回想）"耗子窝"？可不嘛，现在也就是个"耗子窝"了……（微笑）我还清清楚楚记得老沃特跟我搬到这屋子来的那天。我们刚结婚还不到两个礼拜,没打算在这儿长住,顶多一年。(她想起那个幻灭了的梦摇摇头)你知道,我们本打算一点一点攒钱,然后在克莱邦公园那一带买一所小房。我们连房子都选定了。(轻轻地笑了两声)今天想起来那会儿实在傻……可是孩子,你真该听听我做的那些个梦,怎么把房子买下来,怎么归置,怎么在后院开出个小花园……(她停了停,笑容消失了)可是一样也没弄成。(用一个无可奈何的姿势垂下双手)

如　丝　(低着头,熨衣服)是啊,有时候人活着就是事事不如意。

妈　妈　宝贝儿,那会儿老沃特回到家,往那张沙发上一躺,一动不动,光是看看地毯,看看我,再看看地毯,又看看我——我就知道他那时候已经垮了——彻底垮了。(又一次长时间的沉思和停顿;她在回顾那只有她看得见的过去)后来,我的那个娃娃——小克劳德……死了。天呀! 我那会儿真怕老沃特也要完……他伤心欲绝呀!他爱孩子……

如　丝　失去孩子太惨了。

妈　妈　就是呀! 所以他才那么拼命工作干活,把自己

活活累趴下了。他跟这个世界拼了,因为这个
世界夺走了他的孩子。

如　丝　他是个好人。我一直都很敬重扬格先生。

妈　妈　他一心都在孩子身上!沃特·扬格毛病不少——
固执,小气,爱跟女人胡来,可是他爱孩子。总想给
孩子点什么,希望他们出人头地。我看,哥哥的这
些念头就是打他那儿来的。老沃特那会儿常
说——说的时候热泪盈眶,头往后一仰,说:"上
帝认为黑人除了梦想之外什么也不配有——可
是他毕竟给了我们孩子,让我们觉得这些梦值
得做下去。"(她微笑了)知道么,他说话可以很
文的!

如　丝　是,他行。扬格先生是个好人。

妈　妈　没错,好人——可惜一辈子心高命不济。
　　　　〔班妮莎走进来,一边梳着头发,抬头望天花板。
　　　　从那儿传来吸尘器吸地的声音。

班妮莎　真不明白,他们家的地毯怎么那么脏? 每天都
得用吸尘器没完没了地吸?

如　丝　我倒希望咱们家的有位姑娘——名字我就不提
了,听了这声儿也能想起有个房间的地毯该吸
吸——哪个房间我也不提了……

班妮莎 （耸肩）没完没了地打扫房间……耶稣基督！

妈　妈 （不爱听人这样滥用上帝的名字）班妮！

如　丝 听听她说的——您听听！

班妮莎 耶稣！怎么啦？

妈　妈 你要是再提一次天主的名字……

班妮莎 （带点撒娇地抱怨）妈——

如　丝 没规矩呀，现在这女孩！

班妮莎 （冷冷地）怎么啦？要是你们那些规矩过时
　　　　了呢？

妈　妈 行了，不许再说了！我就是不许你亵渎神圣——
　　　　听见没有？

班妮莎 我干什么了就把每个人都得罪了？

如　丝 要不说你年轻呢……

班妮莎 如丝，我已经二十了。

妈　妈 今儿你几点下课回家？

班妮莎 得晚点。（兴奋地）从今天起，麦德琳要给我上
　　　　吉他课了！

　　　　〔妈妈和如丝用同样的表情抬起头来看她。

妈　妈 什么课？

班妮莎 吉他。

如　丝 妈呀！

妈　妈　你怎么冷不丁想起要学吉他了？

班妮莎　不是冷不丁，我一直想学。

妈　妈　（微笑）孩子，你是闲得还是怎么地？这一出你
　　　　能坚持多久？没几天又该腻了——就像去年你
　　　　参加那个戏剧班似的，没两天就腻了……（对如
　　　　丝）前年是什么来着？

如　丝　马术俱乐部。为那个她还花五十五块钱买了身
　　　　骑装，打那时候起就一直挂在衣柜里！

妈　妈　（对班妮莎）孩子，你为什么老是捡起一样撂下
　　　　一样呢？

班妮莎　（锐声地）我就是想学吉他，怎么啦？

妈　妈　没拦着你。我就是不懂你为什么捡一样扔一
　　　　样，老是三心二意呢？你弄回来的那些照相用
　　　　的东西，压根儿就没使过——

班妮莎　我没三心二意！我，我在尝试各种不同的表达
　　　　方式……

如　丝　骑马也是其中一种？

班妮莎　人总得用某一种方式来表现自己。

妈　妈　你到底要表现什么？

班妮莎　（生气地）我自己！（妈妈和如丝对看了一眼，放
　　　　声大笑起来）没关系！我也没指望你们能理解。

妈　妈　（为了改换话题）明天晚上你跟谁出去玩？

班妮莎　（不高兴地）还是乔治·莫奇森！

妈　妈　（高兴）噢——你对他有点意思，是么？

如　丝　要叫我说，这丫头除了自己谁也看不上——（压低了声音）自我表现！（她们又笑起来）

班妮莎　噢，我对乔治感觉还行吧——我的意思是我觉得他还可以，才答应跟他出去……诸如此类的。

如　丝　（恶作剧地）哟，"诸如此类"是什么意思呀？

班妮莎　管得着么？

妈　妈　别再招她了，如丝……（她沉思着停顿了一会儿，然后忽然怀疑地看了女儿一眼，为了加重语气，在椅子上转过身来）对呀——到底什么意思呀？

班妮莎　（厌倦地）意思就是：我不会真爱上乔治的！他……太浅薄！

如　丝　浅薄？你说他浅薄是什么意思？他有钱！

妈　妈　别说了，如丝……

班妮莎　我知道他有钱。他自己也知道。

如　丝　那——一个男人还得有什么条件才能叫你满意呢，姑娘？

班妮莎　你也不会明白的。嫁给沃特的人不可能明白。

妈　妈　（大为恼怒）有你这么说自己的哥哥的吗？

班妮莎　我哥最二了——咱们都知道。

妈　妈　（对如丝，无可奈何地）什么叫"二"呀？

如　丝　（成心往火上浇油）她那意思说她哥哥有精神病。

班妮莎　我没说。我哥还不算正经精神病——他就是变态……

妈　妈　胡说！

班妮莎　至于说乔治呢，呵呵，乔治长得帅，有辆跑车，净带我出入高档场所，还有，正像我嫂子说的，他大概是我这辈子能碰上的最有钱的高富帅，甚至有的时候我还有点儿喜欢他……可要是扬格这家子人想坐在这儿等着看，他们的小班妮能不能把他们跟莫奇森家联上亲，那他们肯定会大失所望的！

如　丝　你是说，即使乔治·莫奇森向你求婚，你也不嫁给他？那么个又帅又有钱的小伙子！亲爱的，你这脾气……

班妮莎　不嫁。要是到时候他还是这样，那我坚决不嫁给他！再说，乔治家的人也不会乐意这门亲事。

妈　妈　那为什么呀？

班妮莎　妈！莫奇森一家是有钱，但这个世界上只有一种人,比有钱的白人还要势利眼,那就是有钱的黑人! 你们难道不知道吗? 我见过一回他妈妈——真受不了!

妈　　妈　亲爱的,不能因为人家有钱就讨厌人家。

班妮莎　为什么不能? 为什么讨厌穷人就可以——都讨厌穷人吧?

如　　丝　(一副过来人的样子,向妈妈)没事儿,她再大点就好了——

班妮莎　你管什么叫"好了",如丝? 听着,我要当医生! 我还不想考虑嫁给谁——而且还不一定将来结不结婚!

妈　　妈　(和如丝)不结婚?!

妈　　妈　听我说,班妮——

班妮莎　好好好,我结婚……不过我首先要做个医生! 可是那个乔治,一直把这当成是笑话——我最受不了他这个! 我一定要当上医生,大家最好都明白这一点!

妈　　妈　(慈爱地)上帝保佑,乖,你肯定能当上医生……

班妮莎　(淡淡地)这事儿跟上帝可没关系……

妈　　妈　班妮莎! 别这么说话行吗?

班妮莎　本来嘛! 本来这里就没上帝什么事儿——整天

"上帝"烦不烦哪？

妈　　妈　　班妮莎！！！

班妮莎　　大实话！我成天听人说上帝都听烦了。上帝管什么呀？他管出学费吗？

妈　　妈　　你再胡说八道我可抽你啦！

如　　丝　　她确实有点儿欠抽！

班妮莎　　怎么啦？怎么我就不能在家里想说什么说什么，跟别人一样吗？

妈　　妈　　因为一个年轻女孩说这种话没教养！我们不是这么教你的！我跟你爸费多大劲让你和你哥每个礼拜天进教堂……

班妮莎　　妈！你要知道，这完全是个观念问题，而上帝不过是我不能接受的一个观念罢了。这没什么大不了的！我不会因为不相信上帝就去干不道德的事或是犯罪。不可能。我烦的不过是人类通过自己顽强的努力所达到的成就，到头来都归了上帝。其实什么上帝压根儿就不存在——有的只是人，奇迹是人创造的！

〔妈妈专心地听完了这段话，仔细端详着女儿，然后慢慢站起来，走到班妮莎跟前，用力打了她一个嘴巴。这之后一片沉默，女儿低下目光不看妈妈,妈妈高大地站在女儿面前。

妈　　妈　现在——跟着我念:在我母亲的家里还有上帝。
　　　　　(长时间的停顿,班妮莎一语不发,低头看地。
　　　　　妈妈一字一顿地、冷冷地重复了一次)在我母亲
　　　　　的家里还有上帝!

班妮莎　在我母亲的家里还有上帝。
　　　　　〔长时间的停顿。

妈　　妈　(从班妮莎身边走开,她心烦意乱,无法作出胜
　　　　　利的神气。她站住,回身向女儿)亵渎神圣这个
　　　　　家里不许有! 只要我还是一家之主就不许!

班妮莎　知道了,妈。
　　　　　〔妈妈走出房间。

如　　丝　(几乎是温柔地,带着深切的了解)你看你……
　　　　　自以为是个大人了,班妮——其实你还是个孩
　　　　　子。你刚才干的就是孩子气的事——所以人们
　　　　　也拿你当孩子对待……

班妮莎　我明白。(镇静地)我还明白了一件事:大家都
　　　　　认为妈妈的专制是理所应该的——可是不管怎
　　　　　么专制,也不可能让天上有个上帝!
　　　　　〔她拿起书,走了出去。

如　　丝　(走到妈妈门前)妈,她说她知道错了。

妈　妈　（出，走到她那盆花那里）他们叫我害怕，如丝！
　　　　我的这俩孩子。

如　丝　你这俩孩子都不错，妈。虽然有时候他们有点
　　　　倔——可他们都是好孩子。

妈　妈　不，我跟他们当中有隔阂，彼此没法沟通，是什
　　　　么隔阂我不知道……一个成天琢磨钱，想发财
　　　　都快想疯了；另一个说话我越来越听不懂……
　　　　到底是怎么了，如丝？

如　丝　（安慰着妈妈，语气像个比自己老的人似的）好
　　　　了好了……您就是太较真了。你的俩孩子也是
　　　　性格强，没您这么个性格强的妈还真管不住
　　　　他们。

妈　妈　（端详她的小花，往上洒了一些水）他们都是要
　　　　强的人，我的这俩孩子。得承认，班妮和沃特都
　　　　有那么股子劲头——就像这盆可怜的小花似
　　　　的，晒不着足够的太阳，缺水少肥的，可是你看
　　　　它……

　　　　〔她背向着如丝。如丝这时已不得不停下了熨
　　　　衣服，靠在个什么东西上，用手背抵着额头。

如　丝　（努力不让妈妈发现）您……是……真爱这花儿
　　　　哈……

妈　妈　我呀,老想有个花园,就像我在老家见过的那种
　　　　屋子后头的花园。可我这一辈子也就只有这盆
　　　　小花还有点花园那意思……(她把花放回原处,
　　　　朝窗外眺望)唉,碰上这么个大阴天,一看这窗
　　　　外的风景就让人觉着压抑……你今天早晨怎么
　　　　不唱歌了,如丝?唱唱那首——《永不疲倦》吧?
　　　　我一听那首歌就高兴……(她终于回过头来,看
　　　　见如丝已经不声不响地倒在椅子上,陷入了半
　　　　昏迷状态)如丝!如丝宝贝儿——你怎么
　　　　啦……如丝!

——幕落——

第 二 场

〔次日早晨。是一个星期六。扬格家里正进行着大扫除。家具被推得乱七八糟,妈妈正在刷洗厨房地区的墙。班妮莎穿着一身粗蓝布衣服,用一块手绢包着头,正在往墙缝里喷杀虫药水。他们一边工作,收音机里一边播送着芝加哥地区的唱片音乐节目,一种颇有点异国情调的萨克斯演奏的布鲁斯舞曲充满了这间屋子,很不协调。崔维斯是唯一的闲人,他正靠在胳臂上往窗外看。

崔维斯　奶奶,班妮喷的那玩意儿难闻死了。我下楼去行吗?

妈　妈　派给你的那些活儿都干完了吗?我没看见你怎么干哪?

崔维斯　早干完了,奶奶! 妈妈今天早晨上哪儿去了?

妈　妈　(看着班妮莎)她出去办点事。

〔电话铃声响。班妮莎抢在走进房间的沃特之前接起电话。

崔维斯　她上哪儿去了?

妈　妈　去……她该去的地方!

班妮莎　哈喽……(失望)哦,他在——(她把电话递给沃特)又是威利·哈里斯。

沃　特　(在妈妈的注视下尽量私密地)喂,威利!你从律师那儿拿到文件了吗?……没有哇!还没呢……我们这儿邮差十点半才上班……得,我过去……对,马上!

班妮莎　哥,如丝去哪儿了?

沃　特　(边往外走)我哪儿知道!

崔维斯　奶奶,那我可以出去玩会儿吗?

妈　妈　嗯……可以吧! 不过你最好别跑远了……留神盯着点儿邮差。

崔维斯　是喽,奶奶。(他朝外走,走过班妮莎姑姑身边时,他决定使劲打了一下姑姑的腿)别跟那些可怜的小强过不去啦,它们又没招你……

〔班妮莎把喷射器转过来,开玩笑地使劲喷他,他往外跑。

妈　妈　干吗呢你,姑娘! 别把药水喷在孩子身上!

崔维斯　（嘲弄地）就是——干吗呢你！

　　　　〔他跑下。

班妮莎　（淡淡地）就这药水?!——人畜无害。

妈　妈　哎！小孩的皮肤可没咱南区的蟑螂皮实……你最好喷喷梳妆台后边！昨天我看见从那块儿出来一个,大摇大摆跟拿破仑似的!

班妮莎　其实只有一个办法能把蟑螂消灭,妈妈——

妈　妈　什么办法?

班妮莎　把这破房子放火烧喽! 妈,如丝到底上哪儿去了?

妈　妈　（大有含意地看着她）看医生去了吧——我猜啊……

班妮莎　看医生? 怎么回事?（她们俩对视了一眼）您是不是觉得——

妈　妈　（故弄玄虚）怎么觉得我现在不说,可是关于女人的这事,我这辈子没错过。

　　　　〔电话铃响。

班妮莎　（接电话）哈喽……（停顿,听出来了对方是谁）你呀,什么时候回来的? ……都好吗? 是是是,我也想你来着——就那么随便一想啊……今天上午? 不行……家里正大扫除呢,这么乱的时候我要是请客人来家里,我妈该不乐意了……

　　　　　啊,你都来啦?哦,那就……好吧,那没辙了,你
　　　　　来吧……回头见。(她挂上电话)

妈　妈　(一直全神贯注地听着,这是她的习惯)家里这
　　　　　么乱你又要请谁来呀?你就是不懂得内外
　　　　　有别!

班妮莎　没事儿,妈!阿萨盖不在乎屋子乱不乱——人
　　　　　家是个读书人。

妈　妈　谁?

班妮莎　阿萨盖——约瑟夫·阿萨盖,他是我在学校里
　　　　　认识的一个男生。是非洲人。他在加拿大读了
　　　　　一个夏天。

妈　妈　叫什么?

班妮莎　阿萨盖,约瑟夫。阿——萨——盖……他是从
　　　　　尼日利亚来的。

妈　妈　噢,就是那个,好些年以前,黑奴们建立的小国……

班妮莎　不是那个,妈!那个是利比里亚。

妈　妈　我还真没见过非洲人……

班妮莎　哦对——求您了妈,千万别跟人家提一大堆关
　　　　　于非洲的、没知识的问题!比如说,问人家非洲
　　　　　人穿不穿衣服什么的——

妈　妈　知道!要是你觉得家里人这么给你露怯,那还

把朋友往家里请个什么劲儿?!

班妮莎　我的意思是……好多人什么都不懂!一说非洲,他们就知道人猿泰山——

妈　妈　(不高兴地)我也不懂!谁知道那么些非洲的事呀?

班妮莎　那您在教堂里给那些志愿者捐钱是图什么的?

妈　妈　那不是慈善积德嘛……

班妮莎　从贫穷愚昧中把他们拯救出来?

妈　妈　(天真地)对啦。

班妮莎　我看更需要把他们从英法的殖民统治下拯救出来……

〔如丝走进来,精神沮丧,垂头丧气地脱掉大衣。两个人都回过头来看着她。

如　丝　(没精打采地)嗬!看你们这八卦劲儿——都知道了哈?

班妮莎　你怀上啦?

妈　妈　我希望是个小姑娘——崔维斯有个妹妹就好了!

〔班妮莎和如丝看了她一眼,对她这种祖母式的热情感到无可奈何。

班妮莎　多少日子了?

如　丝　俩月。

班妮莎　你要的？我的意思是,你这是计划内的还是一个意外？

妈　妈　你懂得太多了吧……

班妮莎　嘿,妈!

如　丝　(疲倦地)她已经二十了,妈。

班妮莎　是不是计划内的?

如　丝　你问得太多了。

班妮莎　怎么问得多了?孩子生下来怎么住?不得跟我们挤……(她说完之后是一阵沉默,三个女人逐渐意识到这句话里的含义)呃,我没别的意思呵嫂子,真的!我一点儿没往别处想!我、我觉得这是大好事……

如　丝　(木然)是好事。

班妮莎　真的!我真这么觉得……

妈　妈　(看着如丝,担心地)大夫说一切都挺好吧?

如　丝　(心神恍惚地)对,那老太太说一切都会顺当的……

妈　妈　(马上疑心起来)"老太太"?你找的什么大夫呀?

〔如丝弯下腰去,马上就要发作一阵歇斯底里。崔维斯闯进。

崔维斯　(兴奋地冲向他的母亲)妈!您没瞧见嘿——一

个大老鼠嘿——跟猫那么大,真的!(夸张地比划)那大耗子贼吓人!然后巴勃踩住了它,然后巴涅特使一根棍子,然后把它赶到墙角然后"梆!梆!梆!"然后它还乱蹦然后血溅得一世界都是——现在满大街还都是耗子血呢……

〔如丝看都没看,猛然一把揪住儿子,捂住他的嘴,把他拽过来。妈妈见状急忙过来将二人分开。

妈　妈　快给我闭嘴!什么乌七八糟的……

〔崔维斯瞪着他妈有点发蒙。班妮莎赶紧把他接过来推向门口。

班妮莎　快回外头玩去吧你……别玩老鼠啊!

〔她把他轻推出门外,崔维斯一路还在抻着脖子看他妈怎么了。

妈　妈　(焦急地围着如丝转)如丝宝贝儿——你怎么了?哪儿不舒服呀?

〔如丝双手紧抓着腿,她拼命挣扎着压住涌到喉头、就要爆发出来的尖叫。

班妮莎　她这是怎么了,妈?

妈　妈　(按摩着如丝的肩膀,使她松弛下来)一会儿就好。女人这种时候很容易心里难受。(轻柔地、

熟练地、很快地说着)你就好好放松一下！这就
对了……往后靠下，什么也别想……什么也
别想——

如　丝　我好多了……

〔她眼睛里那种直瞪瞪的眼神逐渐消失，浑身一
下子瘫软了，猛烈地啜泣起来。门铃响。

班妮莎　哟妈呀！阿萨盖来了。

妈　妈　(向如丝)来吧，宝贝儿！你去躺下歇会儿——
回头再吃口热乎的……

〔她们走出去，如丝全部重量靠在婆婆身上。班
妮莎自己也深感心神不定，她走去开门，让进来
一个外表颇为戏剧性的年轻人，这个青年挟着
一个很大的包裹。

阿萨盖　你好，阿莱尤——

班妮莎　(手扶着打开的门，高兴地打量他)你好呀……
(长时间的停顿)请进呀！请原谅家里这么
乱——我母亲刚才觉得挺别扭，因为我在这么
乱的时候请人上家里来。

阿萨盖　(走进房间里来)你似乎也有些心神不定……出
了什么事吗？

班妮莎　(仍站在门口，心不在焉地)是啊，我们都得了恶

性的种族隔离病。(她笑起来,走近他,坐下)坐呀……等等!(她把沙发收拾一番,他坐下)好啦——加拿大怎么样?

阿萨盖 (圆滑地)非常之加拿大。

班妮莎 (看着他)你回来了我很高兴。

阿萨盖 (也回看她)真的吗?

班妮莎 真的——很高兴。

阿萨盖 可是,当时我走你并没有表现出遗憾呀!这期间发生了什么变化?

班妮莎 你不是走了嘛!

阿萨盖 哦?

班妮莎 从前……火候还不到你就那么认真……

阿萨盖 那你认为要多长时间火候才能到呢?

班妮莎 (有意拖延不谈这个特定的问题。她握着双手,故意作出孩子气的姿势)你给我带什么好东西了?

阿萨盖 (把包裹递给她)自己看吧。

班妮莎 (急切地打开包,从其中抽出几张唱片和几件尼日利亚妇女的绚丽多彩的服装)哎呀,阿萨盖!你还真替我搞到了!多美呀……还有唱片!

〔她拿起服装跑到镜子面前,把它披在胸前比试。

阿萨盖　　（跟着她走到镜子前面）我教你怎么穿。（他把料子在她身上绕了一阵,然后退后一些端详地）啊——欧配给代！欧格巴木谁！（这是约鲁巴族的话,表示赞叹的意思）你穿上很好看……非常好看……虽然头发被蹂躏过,也还行。

班妮莎　　（突然转过身来）头发? 我的头发怎么了?

阿萨盖　　（耸耸肩）你的头发天生就这样吗?

班妮莎　　（抬起手来摸头发）那不是……当然不是。（她回头照镜子,不安起来）

阿萨盖　　（微笑）那原来是什么样的呢?

班妮莎　　你知道……跟你的一样,卷卷着……就那样……

阿萨盖　　你觉得那样很丑吗?

班妮莎　　（连忙）噢,没有! 我没觉得丑……（放慢了语调,抱歉地）不过那种——嗯,自然状态的头发不太好梳。

阿萨盖　　所以为了这种方便——你就每礼拜蹂躏一次你的头发?

班妮莎　　这不叫蹂躏!

阿萨盖　　（看她那副认真的神气笑起来）哈哈哈……不必这样! 我逗你玩呢,因为你对这种事情总是特别较真。（他站得离她远了一些,两只胳臂抱在胸前,一面看她皱着眉头对着镜子扯自己的头发)你还记得你在学校里头一次碰见我的情形吗?……(他笑起来)你走到我面前说——当时我觉得我从来没见过像你这么认真的女孩——你说:(模仿她)"阿萨盖先生——我很想跟你谈一谈。关于非洲。您懂吗,阿萨盖先生,我在寻根!"(他大笑)

班妮莎　(转身向他,不笑)我记得——(她脸上满是疑问的神色,深感不安)

阿萨盖　(仍在逗她,伸出双手捧住她的脸,把她的头转过去,看着她的侧影)嗯……这个侧影不像好莱坞的影后,还是像个尼罗河的皇后……(故意夸张地撇开这个问题的重要性)不过这又有什么关系呢?你们国家里最盛行的是同化主义。

班妮莎　(飞快地转身,激烈地,尖锐地)我不是个同化主义者!

阿萨盖　(班妮莎的抗议造成了刹那间的紧张气氛,阿萨盖端详着她,笑容渐渐消失了)较真的姑娘!(片刻的停顿)这么说——你挺喜欢这几件长袍子?你一定要仔仔细细地保管它们——这些是我姑姑自己的衣服。

班妮莎　（不大相信）你……你这么老远从家里弄来的？专门为我？

阿萨盖　（带着讨人喜欢的风度）是的，为了你，我愿意做的事比这个多得多……好了，我今天来就是为这个。我走了。

班妮莎　那……你星期一给我打电话吧？

阿萨盖　好的……我们有好些话可谈。我是指关于"根"、认同感、时间……诸如此类。

班妮莎　时间？

阿萨盖　对呀。关于一个人到底需要多少时间，才能认清楚自己的感情。

班妮莎　你又来了……男女之间可以有其他感情——应该有。

阿萨盖　（不同意地摇头，温和地）不对。在男女之间只需要一种感情。我对你就有这种感情……现在就有……此时此刻就有……

班妮莎　这我知道……可是光有它不够。这种感情谁都可以给我。

阿萨盖　对一个女人来说，应该是够了。

班妮莎　男人都这么一厢情愿地想。但其实并不尽然。你尽管嘲笑吧——但我不愿意成为某人在美国的一段小小的风流韵事——或者(带着女性的反感)几段风流韵事之一!(朝阿萨盖)可笑吗?哼!

阿萨盖　我笑的是我认识的每一个美国女孩都是这一套!白人,黑人,在这点上你们全一样——连话都一样!

班妮莎　(生气地学他)耶耶耶!

阿萨盖　由此可见,自称全世界最开放的妇女其实也没真的开放。你们也就是口头上……

〔妈妈走进来。因为见有客人在场,她马上摆出一副社交风度。

班妮莎　噢,妈妈——这位是阿萨盖先生。

妈　妈　你好。

阿萨盖　(对长辈彬彬有礼地)您好,扬格太太。请您原谅我在星期六,而且是这么个不礼貌的时间擅闯府上。

妈　妈　哪里哪里!我们非常欢迎你来。我只是希望你不要误认为我们家老这么乱。(聊家常地)希望经常来。我很想听你谈谈……尼、尼……(对国名不太有把握)你们国家。我觉得我们美国黑人对非洲很不了解,光知道人猿泰山,这不应该。还有,人们把钱都捐给了教会,其实他们应该帮助你们赶走那些殖民者,因为他们霸占了你们的土地!（妈妈背诵完了这一大段之后,不无得意地瞟了女儿一眼）

阿萨盖　（被这一套突如其来的、完全驴唇不对马嘴的表达同情的话弄得有点措手不及）对对……没错……

妈　妈　（忽然对他笑了,变得很随便,打量着他）你们家离这儿有多少英里呀?

阿萨盖　有个……好几万吧。

妈　妈　（像看自己儿子那样看着他）我估计你呀——准是自理能力不强!又背井离乡的,我看你最好常上这儿来,我给你做点顺口儿的家常菜……

阿萨盖　（感动地）谢谢您!非常感激您!（大家都沉默了一会儿）那……我得走了。我星期一给你电话,阿莱尤。

妈　妈　他管你叫什么?

阿萨盖　哦——"阿莱尤",我想你们管这个叫作"外号"。这是约鲁巴话——我是约鲁巴人。

妈　妈　（看看班妮莎）我、我还以为他是尼、尼、尼……

阿萨盖　（懂了）尼日利亚,那是我的国家。约鲁巴是我出身的部落。

班妮莎　你还没告诉我们"阿莱尤"是什么意思呢……什么"外号"？也许你在管我叫"小傻瓜"什么的吧？

阿萨盖　哦,让我想一想……我不知道该怎么解释才好……一样东西换另一种语言说,意思就可能完全走样。

班妮莎　你这是避而不答！

阿萨盖　不是,真的很难翻译……(想)它意思是:"只靠面包不能满足的人。"(他看着她)这行吗？

班妮莎　(懂了,轻声地)谢谢你。

妈　　妈　(看了这个又看看那个,一点也没明白)对,谢谢……挺好……您要常来看我们呀,阿、阿……

阿萨盖　阿——萨——盖。

妈　　妈　对……经常来。

阿萨盖　再见。(他走出去)

妈　　妈　(看看他的背影)老天爷,瞅这小伙子——多帅呀！(对女儿,意味深长地)是啊,我这才明白,咱家为什么跟非洲有缘——什么传教士,拉倒吧！

　　〔妈妈走出去。

班妮莎　嗐,妈!……

〔她拾起那身尼日利亚服装,披在身上,又对着镜子照起来。她把头饰随随便便地一戴,忽然又注意到自己的头发,揪了两下。又把头饰戴上,皱眉看着自己。然后她跑到镜子前面,按照她想象中尼日利亚妇女那样扭起身体来。崔维斯走进来,打量着她。

崔维斯　您犯什么病啦?

班妮莎　去!

〔她把头饰摘下来,对镜看看自己,又揪头发,然后眯起眼睛,好像在想象些什么。突然,她拿起雨衣和头巾,急急忙忙准备出门。

妈　　妈　(又回到房间里来)她歇着呢……崔维斯乖,到隔壁跑一趟,跟姜森小姐要一点去污粉。这桶里光光的了。

崔维斯　我刚进来……

妈　　妈　听话!快去。(崔维斯下。妈妈看着女儿)你上哪儿去?

班妮莎　(在门口停了一下)去做尼罗河的女皇!

〔她满面放光,兴奋而得意地下。如丝在卧室的门口出现。

妈　妈　　你怎么又起来了?

如　丝　　我又没病,用不着躺着——班妮上哪儿去了?

妈　妈　　(手指轻轻弹着东西)听她那意思——估计上埃
　　　　　及去了。(如丝没明白,只是看着她)现在什么
　　　　　时候了?

如　丝　　十点二十。邮差说话儿就来了,如果正点的话……
　　　　　〔崔维斯拎着装去污粉的桶上。

崔维斯　　她叫我告诉您:她们家也没富余的了。

妈　妈　　(生气地)哼,这种人! 小气!(命令孙子)记
　　　　　下,两桶去污粉,下次买东西的时候别忘了。她
　　　　　要是真缺去污粉,我下次送她一桶!

如　丝　　妈! 没准儿人家是真没了……

妈　妈　　(不听)这么些年,她跟我借过多少发酵粉呀?
　　　　　够开个面包房的了!
　　　　　〔门铃忽然响起,三个人的谈话戛然而止,一声
　　　　　不响。不管今天一早晨他们谈了些什么,有多
　　　　　少分心的事,他们等的一直是这个;连崔维斯也
　　　　　是一样,他现在看看妈妈又看看奶奶,不知如何
　　　　　是好。如丝头一个清醒过来。

如　丝　　(对崔维斯)快下楼去,孩子!
　　　　　〔崔维斯立刻来了精神,飞奔下楼去拿信。

妈　妈　（张大了眼睛，手按着胸口）它真的来了？

如　丝　（兴奋地）是啊，莱娜太太！

妈　妈　（使自己镇定下来）嘻……咱们瞎激动什么呀？好几个月之前我们就知道它要来了。

如　丝　可它真来了呀，手拿把儿攥，可是不一样呀！一万美金一张纸……（崔维斯冲进屋里来。他把信封高举在头上，像个舞蹈演员似的，容光焕发，上气不接下气。他忽然用参加大典那样的慢动作走到奶奶面前，把信封放在她手里。她接过信，拿着它看）拆呀！打开呀……天哪，我真希望沃特·李这会儿也在场……

崔维斯　拆呀，奶奶！

妈　妈　（呆看着信封）都别吵！不就是一张支票吗……

如　丝　拆开……

妈　妈　（仍旧呆看着信封）别那么激动……咱们不是那种见钱就晕的人——

如　丝　（快嘴地）那是因为咱们没见过钱——拆吧！

〔妈妈终于用力把信封扯开一个大口，从里面拿出那薄薄的蓝色的纸，细细察看着它。孩子和如丝从妈妈肩头上也着了迷似的看它。

妈　妈　崔维斯！（她不大相信地数着）这上边的圈——

数目对吗？

崔维斯　没错，奶奶……一万块。哇！奶奶，你发了！

妈　妈　（把支票举远一点，仍旧看着它。慢慢地她脸上
　　　　的表情严肃起来，现出忧郁的神情）一万美金。
　　　　（她把支票交给如丝）你把它收着吧，如丝。（她
　　　　不看如丝，好像眼睛看着远处的什么东西）给了
　　　　一万，一万块美金。

崔维斯　（对他的妈妈，真的不懂）奶奶怎么啦——她有
　　　　钱不高兴吗？

如　丝　（心烦意乱地）你先出去玩去，宝贝儿。（崔维斯
　　　　下。妈妈开始心不在焉地擦盘子，专心致志地
　　　　对自己哼着歌。如丝转向她，温和但也心烦地）
　　　　您怎么反倒不踏实了？

妈　妈　（没有看如丝）要不是为你们……我就会把钱捐
　　　　了，捐给教堂什么的。

如　丝　这是怎么说的！要是扬格先生听到您打算这样
　　　　处理这笔钱，他肯定不高兴。

妈　妈　（停止擦盘子，呆望着远处）是啊……他肯定大
　　　　发雷霆。（叹气）反正啊，这笔钱咱们得派上用
　　　　场……（她停住了，转过身来定睛观察儿媳妇，
　　　　如丝避开她的目光。妈妈果断地擦干了手，开

始用坚定的语气和如丝谈话）你今天到哪儿去了,孩子?

如　丝　大夫那儿呀……

妈　妈　（不耐烦地）行了,如丝……你真以为能蒙得了我? 琼斯大夫虽说是个怪老头,可决没怪到让人说走了嘴,管他叫"老太太"——就像你刚才。

如　丝　那……就是个口误。

妈　妈　你找那个女人去了,是不是?

如　丝　（辩解,但露了马脚）哪个女人?

妈　妈　（生气地）就是那个女人! 那个——

〔沃特非常兴奋地进来。

沃　特　来啦?

妈　妈　（平静地）你就不能先问候一下家人再问钱吗?

沃　特　（向如丝）来了吧?（如丝拿出支票,一声不响地把它放在沃特面前,揣着自己的心事全神贯注地看着他。沃特一屁股坐下来,抓起支票,拿近眼前数上面的零）一万块呀!（他突然急不可待地转向妈妈,从胸前的口袋里抽出一份文件来）妈您看,威利·哈里斯把文件都准备好了——

妈　妈　孩子! 我觉得你应该跟你媳妇聊聊……需要的话我可以出去,你们单独聊——

沃　特　那不着急！妈——

妈　妈　孩子……

沃　特　(急)您能不能听我说句话！

妈　妈　(沉静地)沃特·李！我不许有人在我的家里大喊大叫,这你知道——(沃特心烦意乱地瞪着她们两人,几次想插进来说话)而且也不打算给什么酒吧投资。

沃　特　您倒是瞧一眼呀……

妈　妈　这件事到此为止。

〔长时间的停顿。

沃　特　哦,看都不看一眼就……完啦？看都不看一眼您就这么决定了是吧?!(把文件揉成一团)好！今天晚上,您让我儿子把这个沙发当床睡的时候,把这话跟他说去吧！……(转向妈妈,直接对她)没错！我老婆明天不得不出去照看别人家孩子的时候,把这话跟她说去吧！还有,我的妈,每回咱们为了买块新窗帘,我得眼看你到别人家的厨房里去干活的时候,再把这话跟我说吧！……对啦！到时候您再说去吧！

〔沃特开始往外走。

如　丝　你上哪儿去？

沃　特　出去！

如　丝　哪儿？

沃　特　躲开这个家！哪儿都行……

如　丝　（拿起外衣）我也去。

沃　特　我没请你……

如　丝　沃特，我有话得跟你说。

沃　特　那没办法……

妈　妈　（仍旧沉静地）沃特·李——（她等到他终于转过身来看她）坐下。

沃　特　我是个大人了，妈妈！

妈　妈　没说你不是大人。可是你还在我的家里，还在我这儿。只要你还在我这儿——你冲你媳妇说话就得客客气气的。现在坐下。

如　丝　（突然）去吧，让他喝去吧！喝死算！他叫我恶心得想吐！（她把外衣摔在他身上）

沃　特　（将外衣狠狠地丢回）你也一样，宝贝儿！（门在她身后猛然摔上）我这辈子最大的错误就是——

妈　妈　（仍旧沉静地）沃特，你这是怎么了？

沃　特　什么叫我怎么了？又不是我犯病！

妈　妈　是，是你有病。是什么使你发狂？不仅仅是因

为我不给你这笔钱!这几年我眼看着你在一点
儿一点儿变。做事慌里慌张,眼神儿魂不守
舍——(沃特听到这些话不耐烦地跳起来)我说
了:你给我坐好!我在跟你说话!

沃　特　妈!我今儿受不了这个……

妈　妈　你掉进了什么泥坑,无法自拔。只要有人一问
你怎么了,你就大喊大叫,从家里冲出去,喝个
酩酊大醉。沃特·李,照这样下去没人能跟你
过下去。如丝是个有耐心的好姑娘,可是你越
来越不像话了……孩子,别铸成大错,逼着她离
开你!

沃　特　不是……她对我有什么帮助?

妈　妈　她爱你。

沃　特　妈呀!我还是出去吧我!我出去找个地方——
我想静静,行吗?

妈　妈　那个酒吧的事我很抱歉,孩子。那不是咱们该
干的事,我要跟你说的就是——

沃　特　妈!我必须出去……(他站起身来)

妈　妈　危险!孩子。

沃　特　什么危险?

妈　妈　一个人非要离开家,跑到外头去,才能找到内心

的平静,这很危险。

沃　特　(恳求地)那,要是在这个家里找不到平静怎么办呢?

妈　妈　别人家里就能找到吗?

沃　特　不是——这里头没有女人的事儿呵!男的只要心情一不好,女人就觉得肯定是男男女女那点儿事儿?(走近她)妈妈——我是要干大事的……

妈　妈　我知道,孩子——

沃　特　我有那么多计划,我都快疯了……妈妈!您听我说呀!

妈　妈　我听着呢。你是个帅小伙,有个好媳妇,有个好儿子,还有事业……

沃　特　事业!(看着她)妈,那也叫事业?整天替人家开车门、关车门,开车送人来回跑,嘴里说着"Yes,Sir""No,Sir""听您吩咐,Sir""要我开车吗,Sir"?妈,这不叫什么"事业"!这叫……这什么都不叫!(非常安静地)妈,我不知道您能不能明白。

妈　妈　明白什么,乖?

沃　特　(安静地)好些时候,我能看得见未来在我的眼前伸展出去——就像大白天那么清楚。未来呀,妈妈! 就展现在我这一辈子到头的地方,等着我——阴森森空洞洞的,什么都没有! 在那儿等着我……(停顿)妈妈,有时候我去市中心,路过那些高级安静的饭馆,里头舒舒服服地坐着那些年轻的白人,谈着事……谈的都是上百万的买卖,有的我看岁数也比我大不了多少……

妈　　妈　孩子! 为什么你现在总是在谈钱?

沃　　特　(带着巨大的激情)因为钱就是生命呀,妈妈!

妈　　妈　(安静地)哦——(非常安静地)敢情现在钱就是生命。曾经告诉我们说自由是生命——现在变成钱了。看来这世界真是变化快……

沃　　特　不——一直就是钱,妈妈! 只不过从前他们不让咱们知道!

妈　　妈　不……有好多东西就是变了。(她看着沃特)包括你,孩子。我们那会儿担心的是被人用私刑吊死,怎么想法逃到北方来,想法活下去,还要保住一点气节……可现在呢? 你跟班妮来了,你们说的事,我跟你爸当年想都没想过! 你们对我们的成就不满意,更不会骄傲。比如说让你有个家,把你们平平安安养大,叫你们不用搭人家马车去打工……你们是我的儿女,可是咱们太不一样了!

沃　　特　（长停顿。他拍拍她的手站起来）跟您说不明白,妈,跟您就是说不明白……

妈　　妈　孩子!你知道你媳妇怀二胎了吗?（沃特站住了,目瞪口呆,渐渐地才懂得了她的话）她刚才就是要跟你说这个!（沃特沉重地坐在椅子上）本不该由我来说,可你必须知道!（她等了一会儿）恐怕如丝想把这孩子做了……

沃　　特　（慢慢地懂了）不、不会吧?如丝不会的……

妈　　妈　那,真到要命的时候,一个女人为了她的家什么都干得出来。为了那些活着的人。

沃　　特　妈,你不了解如丝,她不会那么干的……
　　　　　〔如丝打开卧室的门,无力地站在门口。

如　　丝　（颓然）我会的,沃特。（停顿）我已经给那老太太付了五块钱定钱。
　　　　　〔在绝对的沉默中,丈夫瞪眼看着妻子,母亲瞪眼看着儿子。

妈　　妈　（终于）怎么样?（紧张地）怎么样——孩子,我等着你的话呢……我等着看:你是不是你父亲的儿子!是不是你父亲那样的男子汉……（停顿）你媳妇说她要弄死你的孩子。我在等着听你像你爸爸那样，说我们是给予孩子生命的人，不是让孩子死的人！（她站起来）我在等着看你站起来，像你爸爸那样，说：因为穷，我们已经让一个孩子送了命，我们决不再送掉另一个……我等着呢！

沃　特　如丝——（他说不出话来）

妈　妈　你要是我的儿子，告诉她！（沃特转过身，拿起钥匙和外衣，走出。妈妈在他身后愤激地说下去）你……你给你死了的爸爸丢人！给我拿帽子来！

——幕落——

百老汇海报

1959 年第一次上演舞台剧的剧照

1959 年第一次上演舞台剧的剧照

1959 年第一次上演舞台剧的剧照

1959 年第一次上演舞台剧的剧照

兰斯顿·休斯，
被誉为"哈莱姆桂冠诗人"的黑人作家

黑人巨星西德尼·波蒂埃，
第36届奥斯卡金像奖最佳男主角奖得主，
出演该剧1959年在百老汇的舞台剧首演，
和1961年版同名改编电影。

1959 年第一次上演舞台剧的剧照

1961 年同名改编电影剧照

1961 年同名改编电影剧照

1961 年同名改编电影剧照

1961 年同名改编电影剧照

1961 年同名改编电影剧照

第　二　幕

第 一 场

时间:同一天,晚些时候。

〔幕启时:如丝又在熨衣服。她开着收音机。过了片时,班妮莎的卧室门开了,如丝张大了嘴,惊奇地放下了熨斗。

如　丝　今天晚上咱们这是要表演什么!

班妮莎　(神气十足地从门口走出来,我们可以看见她全身都穿上了阿萨盖带来的民族服装)你现在看到的,是一位穿着考究的尼日利亚女人的盛装——(她来回走动展览给如丝看,她的头发完全被头饰所掩盖;她一面用一把花哨的东方式扇子卖弄风情地扇着自己,误以为这就像尼日利亚人,其实是全不对,倒有点像蝴蝶夫人)怎么样?(她摆着架势走到收音机前,高傲地一挥手臂,关掉了正放着的喧闹不堪的布鲁斯舞曲)够了,这种同化主义的陈腔滥调!(她走到唱机旁,放上一张唱片,转过身来,以一副隆重的神气等着音乐开始。如丝的目光一直跟着她。忽然,她高声喊道)欧扣谋勾西呀!①

〔如丝吓了一大跳。音乐开始了,是一支原生态的尼日利亚歌曲。班妮莎陶醉地听着,眼睛望着遥远的地方——"回到过去的时代"了。她开始跳起舞来。如丝目瞪口呆。

如　丝　这是什么舞?

班妮莎　原生态的民间舞。

如　丝　哪儿的民间舞呀,亲爱的?

班妮莎　尼日利亚的。这个叫迎宾舞。

如　丝　迎谁呀?

班妮莎　迎接男人们回到村子里。

如　丝　他们去哪儿回来呀?

班妮莎　我哪儿知道——出去打猎啥的……反正,他们现在回来了……

如　丝　哦,回来就好……

班妮莎　(跟着唱片唱)

　　　　阿隆迪,阿隆迪

----

① 音译尼日利亚语。

阿隆迪阿隆呀

加普阿吉普哇

昂古苏——

哎依哎依哎……

哎依哈依——阿隆迪……①

〔在这段表演进行当中，沃特进来；他明显喝高
了。他沉重地靠着门，看着妹妹，开始是带着厌
烦的神情。然后他的眼光也转向遥远的地
方——也"回到过去的时代"中了——他向屋顶
举起双拳，高声尖叫起来。

沃　　特　　是的！埃塞俄比亚又一次伸出了双手……

如　　丝　　(看着他，冷淡地)好嘛，今儿晚上可真是回了非
　　　　　　洲了……(她不再理睬这兄妹二人，又开始熨衣
　　　　　　服)

沃　　特　　(他的话都是用一种醉醺醺的、戏剧性的高声叫
　　　　　　喊出来的)住口！我正在敲响战鼓……战鼓震
　　　　　　撼着我的心！(他东歪西倒地走到如丝面前，探
　　　　　　身靠近她)在我内心的内心——(他捶着胸口)
　　　　　　我是个伟大的勇士！

---

① 音译尼日利亚语。

如　丝　（连头也不抬）在你内心的内心，你是个大醉鬼！

沃　特　（离开她，开始在屋子里转来转去，嚷叫着）我跟
　　　　尤莫……（全神贯注地对着他妹妹的脸。他妹
　　　　妹停止了跳舞，观察着处于这种不平常的情绪
　　　　下的哥哥）我的人，肯尼亚塔！（捶着胸口高喊）
　　　　燃烧的标枪！火热的诅咒！（他突然手执幻想
　　　　的标枪，在屋子里跳来跳去）欧扣谋勾西呀！

班妮莎　（在沃特身边跟着鼓励他）欧扣谋勾西呀——燃
　　　　烧的标枪！

沃　特　雄师醒来！欧维莫维①！（他扯开衬衫，跳上桌
　　　　子，挥舞标枪）

班妮莎　欧维莫维！

沃　特　（站在桌上，醉得很厉害，两眼直勾勾的，目光迷
　　　　茫。他在看我们所看不见的东西，他看见自己
　　　　是他部落的领袖，一位伟大的酋长恰卡的后裔，
　　　　进军的时刻已经到来）听啊，我的黑人弟
　　　　兄们——

班妮莎　欧扣谋勾西呀！

沃　特　你们可听见海边惊涛拍岸的声音——

---

①　音译尼日利亚语。

班妮莎　欧扣谋勾西呀!

沃　特　你们可听见对面山中雄鸡高唱? 在山的那边,各部酋长正在排兵布阵,迎接这场大战——

班妮莎　欧扣谋勾西呀!

沃　特　你们可听见鸟群飞过山头和洼地时翅膀拍打的声音——

班妮莎　欧扣谋勾西呀!

沃　特　你们可听见女人的歌声? 她们在给娃娃们唱我们父辈的战歌……那些动听的战歌! 噢,你们听到了没有,我的黑人弟兄们!

班妮莎　(完全沉醉于其中)我们听到了,燃烧的标枪——

　　　　〔门铃响。如丝上前打开门,乔治·莫奇森进。

沃　特　提醒我们为这伟大的时刻整装待发——(对乔治)我的黑人弟兄!

　　　　〔他伸出手去行兄弟握手礼。

乔　治　什么黑人弟兄!

如　丝　(忍无可忍,而且为全家感到难为情)班妮莎,你来客人啦……你犯的什么病,沃特·李·扬格? 快从桌子上下来,别出洋相了……

　　　　〔沃特猛然从桌子上跳下来,冲进厕所。

如　丝　他——喝了点酒……她——我不知道她什么

毛病……

乔　治　（向班妮莎）我说亲爱的,我们今天要去看戏,不是去演戏……所以,去换件衣服吧,啊?

〔班妮莎直视着他,慢慢抬起手,拉下她的头巾——她的头发剃成了短短的鬈毛。如丝瞠目,乔治结舌。

乔　治　我的上……

如　丝　姑娘!你真的疯啦?你的脑袋——

乔　治　你把自己的脑袋……我是说头发——怎么着啦?

班妮莎　没怎么着,就是剃了。

如　丝　这我们看出来了——什么都没剩!你打算就这样儿跟这个小伙子约会去?

班妮莎　（看看乔治）那就得看乔治的了。要是他认为他祖先的文化丢脸——

乔　治　班妮!打扮得稀奇古怪,没什么可值得骄傲的……

班妮莎　自然的东西是稀奇古怪的?

乔　治　自然的东西都是稀奇古怪的……快换衣服去吧。

班妮莎　这话我不爱听,乔治!

如　丝　不管人家说什么,你跟你哥非得跟人家抬杠!

班妮莎　因为我讨厌同化主义的黑人!

如　丝　一直不懂——这个"同化主义"到底什么意思?

乔　治　这不过是女大学生的一种说法,她们指的是像
　　　　汤姆叔叔那种忠心耿耿伺候白人的黑奴——其
　　　　实这个词本不是那种意思。

如　丝　哦……那是什么意思呢?

班妮莎　(抢过乔治的话,一面回答如丝,一面盯着乔治)
　　　　这个词指的是那种心情甘愿放弃自己的文化、
　　　　彻头彻尾向占优势的文化投降的人——而在我
　　　　们目前的情况下,占优势的文化也就是压迫者
　　　　的文化!

乔　治　哎哟,我的天哪!太棒了——非洲历史课开始
　　　　了!有关我们伟大的西非文化遗产!让我们听
　　　　一听关于伟大的阿散蒂帝国!伟大的桑海文
　　　　明!贝宁的伟大雕刻!还有那些班图地方的诗
　　　　歌——这一大套自说自话最后归结为一个词:
　　　　文化遗产!(恶意地)说实话吧,姑娘,你的所谓
　　　　"文化遗产"不过是几首破民歌跟几间茅草屋
　　　　罢了!

班妮莎　茅草屋!……(如丝跑到她面前,用力推她向卧
　　　　室走)瞧你那样儿……愚昧无知,还神气活现地
　　　　站在那儿高谈阔论……你所评头论足的民族,
　　　　是世界上第一个会炼铁的民族!(如丝把她推

进门去)阿散蒂人已经会施行外科手术的时候,英国人还……(如丝关上门,把班妮莎关在里面,客气地对乔治微笑。班妮莎打开门,不服气地嚷叫着把话说完)还在文身! 往身上刺蓝色的龙……(她回到屋里去)

如　丝　请坐,乔治! (两人坐下。如丝端端正正地把手叠着放在膝头上,决心要表现一下子这家人有教养)天气很热,是吗? 我是说,时值九月。(停顿)正如常说的那样,芝加哥的天儿,无论太热或是太冷,变幻非常迅速……(她微笑,很得意说了这么一句俗而又俗的滥调)都说这是因为他们老试验那些炸弹什么的。(停顿)你要不要来个冰啤酒?

乔　治　不,谢谢您。我不喝酒。(他看看表)她要是能快点就好了。

如　丝　戏几点开始?

乔　治　八点半开演。但只有芝加哥是这样。在纽约,标准的开演时间是八点四十。(他对这点知识颇为自负)

如　丝　(善于领会)这么说您常去纽约?

乔　治　(随意地)一年去那么几次吧。

如　丝　哟,那真棒。我从没去过纽约。

　　　　〔沃特走进来。我们看得出来他现在感到轻松
　　　　一点了,但还有些恍恍惚惚的。

沃　特　纽约有什么,芝加哥就有什么!纽约就是一群
　　　　忙忙呵呵的人,挤得要命——东部嘛,都那个德
　　　　性!(他的脸不屑地皱成一团)

乔　治　哦,您去过?

沃　特　太多次了!

如　丝　(听到这谎话大惊失色)沃特·李·扬格!

沃　特　(瞪她,把她的话堵了回去)太多次!(停顿)家
　　　　里有什么可喝的吗?你怎么不请他喝点什么提
　　　　提神?(向乔治)她们不会招待客人,哥们儿!

乔　治　谢谢你——我真的什么也不想喝。

沃　特　(摸着头,慢慢清醒过来了)妈妈在哪儿?

如　丝　还没回来。

沃　特　(从头到脚打量乔治·莫奇森,细看他故意表示
　　　　随便的苏格兰呢户外式上衣,里面是开司米V
　　　　形领口毛衣和镂空衬衫、领带,下身是毛料裤
　　　　子,最后脚下是一双白鹿皮鞋)为什么你们这些
　　　　大学生,老爱穿这种娘们儿叽叽的白鞋?

如　丝　沃特·李!(乔治·莫奇森对这话置若罔闻)

沃　　特　（向如丝）看着多恶心呀——小白鞋！这么冷的天！

如　　丝　（羞愧无地）对不起呵——

沃　　特　别，用不着！有什么对不起的呀？你干吗老替我道歉呀？需要道歉我自己会！（停顿）这种鞋就跟班妮莎出门老穿的那种黑丝袜子一样，叫人看着就别扭。

如　　丝　人家大学里头就兴这时尚，沃特……

沃　　特　时尚个屁！她那样就像两条腿都跟烧伤了似的！

如　　丝　哎呀，沃特——

沃　　特　（不耐地学她）哎呀，沃特！哎呀，沃特！（向莫奇森）你们家老头子最近怎么样啊？我听说你们准备把高速公路边上那家宾馆拿下呀？（他在冰箱里找到一瓶啤酒，踱到莫奇森身边，喝着啤酒，一面用手背擦着嘴，反跨着坐在椅子上和对方谈起来）这一招儿很精明呀！你们家老头儿有两下子，伙计。（敲敲头，略微挤挤眼以加重语气）我是说，他懂得运作。他格局很大——你明白我那意思吧？为了自己家庭，你知道吗？不过我觉得呵，他最近有点儿才尽了。我可以跟他谈谈。听着，哥们儿，我有几个好计划，能把这个城市翻个底儿朝天！我是说思路跟他一样,格局大！下大本儿,冒大险,赔大钱……要是非赔不可的话,你明白我那意思吧? 整个南区就找不出一个人能懂我这想法——你知道吧?（他又细细打量莫奇森,喝口啤酒,眯眯眼,探身靠近莫奇森,朋友般地）咱们俩必须找个时间坐下来好好聊聊,兄弟。我那些想法呀,兄弟……

乔　　治　　（应付地）行啊,沃特,找时间聊呗。

沃　　特　　（明白了他毫无兴趣,恼了）对,等您有空再说,对吧? 您一个大少爷多忙呀!

如　　丝　　沃特,求你了……

沃　　特　　（伤了自尊,尖刻地）你们是天下最忙的人物! 你们这些黑人大学生,戴着兄弟会的徽章,穿着白皮鞋……

如　　丝　　（窘得捂住脸）别说了,沃特·李——

沃　　特　　我成天看见你们——胳臂底下挟着书,去上你们那些事儿事儿的"课"! 什么课? 你们在课堂上学着什么了? 装了一脑瓜子——（掰着手指数着）什么社会学、心理学……可他们教你们怎么做人了么? 教你变成大人物,怎么征服世界了么？他们教你们怎么管理大企业,怎么管理大公司了么？没门儿！他们光教你们说漂亮话,念书,穿白皮鞋……

乔　治　（厌恶地看着他,颇为优越地）朋友,你牢骚太盛,要注意心理健康了。

沃　特　（狠狠地,口气几乎是平静的,话从牙缝里迸出来,一面直瞪着乔治）那你呢——你就没牢骚吗？你还没受够吗？你就没有看得见够不着的东西吗？你过得有意思吗？你这孙子,你还美呢？你什么都有了是吗？牢骚？告诉你:我是火山！牢骚？我是巨人——可周围都是蚂蚁！你们这些蚂蚁能理解巨人吗?!

如　丝　（突然,激动地）沃特！你怎么逮谁跟谁抬杠呢？

沃　特　（粗暴地）对啦！因为谁都跟我对着干！包括我亲妈！

如　丝　沃特,你怎么能这么说话！

〔班妮莎上,她换了一身较为正式的礼服,戴上了耳环。

乔　治　嗳！这就……你真漂亮。

沃　特　（刚看到妹妹的发型）你脑袋怎么啦?!

班妮莎　（笑）剃了,兄弟。

沃　特　（走近,绕着她转)我靠! 现在流行这个……"非
　　　　　洲风"呀?

班妮莎　哈哈,走吧,乔治?

乔　治　你们猜怎么着? 我喜欢。利索,真的。

如　丝　我也喜欢。(她走向镜子,抓抓自己的头发)

沃　特　哟,你可别呵,宝贝儿! 你该弄成个子弹头啦……

班妮莎　再见,诸位。

如　丝　希望你们玩得愉快。

乔　治　谢谢。再见。(对沃特,讽刺地)再见,普罗米修斯!
　　　　　〔班妮莎和乔治下。

沃　特　（向如丝)这普罗米……是干吗的?

如　丝　不知道。管他呢!

沃　特　（大怒,指着乔治出去的方向)肯定是绕着弯子
　　　　　骂我呢! 哼,念了半天书就会来这套!

如　丝　你怎么知道那准是骂人呢? (平他的气)备不住
　　　　　普罗米修斯是个好人呢……

沃　特　不可能! 这普罗米修斯要是好人他能管我叫这
　　　　　个? 我敢打赌,这个二百五……

如　丝　沃特……(她停下了手里的活儿,看着他)

沃　特　（喊起来)少来啊!

如　丝　少来什么?

沃　特　少来你那套唠叨:上哪儿去了? 跟谁一块儿? 花了多少钱?

如　丝　(悲哀地央求)沃特·李! 咱们好好聊聊不行吗?

沃　特　(没听她的话)我在外头,跟理解我的人聊天来着——人家在乎我的想法!

如　丝　(疲倦地)我猜大概是威利·哈里斯之流吧?

沃　特　没错儿! 威利之流怎么着吧?

如　丝　(不耐烦的情绪突然爆发)你们既然要做大生意为什么不赶紧开始呀? 整天聊!

沃　特　为什么不开始? 你知道为什么吗? 因为我们全让这个种族给连累了,这个种族什么也不干,光会诉苦! 卖惨! 求上帝! 生孩子……

〔连他自己也感到这种态度过于尖刻,他看了如丝一眼,坐下。

如　丝　唉,沃特……(轻声地)亲爱的,咱们为什么老吵架呀?

沃　特　(未经思索,脱口而出)谁跟你吵架了? 谁搭理你了?

〔此话一出口,他的情绪平缓下来。

如　丝　那——(她等了很长的时间,然后放弃了希望,开始把她的话收起来)我看我还是躺着去吧……(多少自言自语地)我不明白咱们哪儿出了岔子,可就是不对了……(然后向他)这个二胎的事我很抱歉,沃特。但既然开始了,我还是把它做完吧……我错就错在,没早点儿明白:咱们之间出了这么大问题。早点儿明白就好了……(她开始朝卧室走去,又停下)你来点热牛奶吗?

沃　特　热牛奶?

如　丝　是啊——热牛奶。

沃　特　要热牛奶干吗?

如　丝　因为……你回家之前喝了那么些酒,应该喝口儿热的……

沃　特　我不要什么牛奶!

如　丝　那,来点咖啡?

沃　特　我也不需要什么咖啡! 我什么热的也不要喝!(几乎是央求地)你干吗老想给我东西吃呀?

如　丝　(站着无可奈何地看着他)那我还能给你什么呢,沃特·李·扬格?
　　　　〔她站着,望着他,然后又转身朝外走。他抬起头来,怀着一种新的情绪看着她朝外走去,这种新的情绪是从他对她说"谁搭理你了?"的时候开始升起来的。

沃　特　都不容易,是吧,宝贝儿?(她听到这话站住了,但并没有转过身来,他继续对着她的背影说下去)我觉得两口子之间,他们说的心心相印其实挺少的——我是说,比如咱俩之间……(她转过身来面对着他)怎么弄的? 连句好话都不会说。(他停了一下,自己费力地思索着)你说这是怎么搞的?(他几乎像个孩子似的沉思起来)如丝,本来是最亲近的人,是什么隔在中间了?

如　丝　我也不知道,亲爱的。我常琢磨这事。

沃　特　你是说琢磨咱俩这事儿? 是呀,咱俩怎么了? 出什么问题了?

如　丝　也没什么大不了的,沃特……只要咱俩在一起,多沟通,就没什么过不去的! 多跟我在一起吧……哪怕多一点也好。

沃　特　(完全诚实地)有时候……有时候……我有点儿不知道怎么开始。

如　丝　沃特……

沃　特　啊?

如　丝　(走近他,温柔而怯生生地)亲爱的……干吗非得这么过呢? 我是说,咱们可以往好的方向努力呀……你记得刚生崔维斯那会儿,咱们常聊天吗?谈我们将来的打算,买栋什么样的房子……(她抚摸着他的头)那些美好时光什么时候从咱们身边溜走了……

〔他把她转向自己,两人对视,深吻。这当口,妈妈上,沃特跳起身朝她嚷。

沃　特　妈!您上哪儿去啦?

妈　妈　哎!这楼梯呀,比从前变得长了……哎哟!(她坐下,不理睬沃特,问如丝)你今儿晚上觉得怎么样?

〔如丝耸了耸肩,她和丈夫的谈话被妈妈过早地打断了,有些心烦。她熟悉丈夫的脾气,因此注意地望着他。

沃　特　妈妈,您这一整天去哪儿啦?

妈　妈　(还是不理睬他,靠在桌边,换上一双比较舒服的鞋)崔维斯呢?

如　丝　我让他出去玩儿会儿,还不回来。等一会儿瞧我怎么收拾他!

沃　特　妈!

妈　妈　(好像头一次听见他说话)什么事,孩子?

沃　特　你今儿一下午上哪儿去啦?

妈　妈　我进城了,去办了点要紧的生意。

沃　特　什么……生意？

妈　妈　你不能像审孩子似的审我，沃特。

沃　特　（站起来，从桌子边探身过来）您到底上哪儿去了，妈？（用拳击桌，高声）您没拿那笔保险金去……干了什么蠢事吧？

　　　〔通外边的门慢慢地开了，打断了他的话，崔维斯探进头来，怯生生地。

崔维斯　妈，我吧——

如　丝　少来什么"我吧"！瞧我不好好收拾你！去，上卧室等着去！

崔维斯　可我那什么吧……

妈　妈　你们干吗不许孩子说话呀？

如　丝　莱娜太太！您别又护着他！

　　　〔妈妈紧闭上嘴，如丝威胁地朝儿子走过去。

如　丝　我跟你说过多少遍了？不许满世界疯去——

妈　妈　（朝孩子伸出双手）你等等行吗？起码让我先跟孩子说句话儿——我要让他头一个知道这事儿……过来，崔维斯！（孩子巴不得地立刻听从了）崔维斯——（她扶住孩子的双肩，看着他的脸）你知道今儿早晨邮局寄来的那笔钱吧？

崔维斯　知道呀，奶奶！

妈　妈　那就对了! 你知道奶奶拿那笔钱出去干什么了吗?

崔维斯　不知道呀,奶奶!

妈　妈　(用手点着他的鼻子以加重语气)奶奶出去给你
　　　　买了一栋房子! (沃特听到最后这个意外消息
　　　　时气炸了,他跳起来,狂怒地转过身去,背向着
　　　　所有的人。妈妈接着对崔维斯说下去)买房子
　　　　你说好不好? 你长大了这房子就归你了。

崔维斯　好耶! 我一直盼着住大房子里!

妈　妈　好吧? 那你过来亲亲奶奶——(崔维斯搂住奶
　　　　奶的脖子,奶奶却从孩子的肩头上望着儿子。
　　　　等崔维斯拥抱过她之后,她接着对他说)好了,
　　　　你今天睡前祷告的时候,要感谢上帝,也要谢谢
　　　　你的爷爷! 因为这所房子是你爷爷给你的,用
　　　　他的命换来的!

如　丝　(把孩子从妈妈身旁拉开,把他推向卧室)行了,
　　　　现在你该走了,回屋等着挨揍去吧!

崔维斯　哎? 妈——

如　丝　给我进去! (等孩子进去后关上门,转过身来,
　　　　满面喜悦地对婆婆)这么说您真的买啦?

妈　妈　(苦恼地看着儿子,沉静地)可不真的吗?

如　丝　(庄严地高举起双臂)感谢上帝! (凝视了沃特

片刻,他不语。她快步走到丈夫的身旁)求你了,亲爱的! 你就让我高兴一回……笑一个!(她把双手放在沃特的肩上,但他粗暴地甩开了她,一直没有转过身来看她)哦,沃特……那是个真正的家呀! (她回到妈妈身旁)怎么样,房子在哪儿? 有多大? 花多少钱买的?

妈　妈　嗯,这个……

如　丝　咱们什么时候搬?

妈　妈　(向她微笑)下月一号。

如　丝　(头向后仰,欢呼)赞美上帝!

妈　妈　(试探地,仍旧看着背向着自己和如丝的儿子的背影)那房子、那房子正经不错……(她不禁直接对儿子说下去。她的语气和态度里有一种恳求的调子,使她这会儿几乎像个小姑娘了)三间卧室,你跟如丝住主卧……我跟班妮莎还住一屋,可是崔维斯有自己的一间了……(为难地)我琢磨着,要是你这二胎是一男孩,那咱们就弄一个那种上下铺……还有个小院! 一小块儿地,我可以在那儿种点儿花……还有一个相当不错的地下室……

如　丝　亲爱的沃特,高兴点儿!

妈　妈　（仍旧对着他的背影，手指玩弄着桌上的东西）
　　　　当然那也不是一豪宅呵……不过是一所平平常
　　　　常的小房子，可盖得挺结实——关键是咱们自
　　　　己的！沃特·李，住在自己的房子里，那感觉可
　　　　不一样……

如　丝　地址在哪儿？

妈　妈　（要谈这一点自己也有点含糊）呃，呃，离这儿挺
　　　　远，在克莱邦公园那边——
　　　　〔如丝的喜悦突然消失了，而沃特终于慢慢地转
　　　　过身来，难以置信面带着敌意地看着母亲。

如　丝　哪儿?!

妈　妈　（老老实实地）克莱邦公园，克莱邦大街四百零
　　　　六号。

如　丝　克莱邦公园？妈，克莱邦公园那小区没有黑人
　　　　住呀！

妈　妈　（几乎是傻里傻气地）那，打现在起不就有了吗？

沃　特　（辛辣地）原来您今天出去，给我们带回来的好
　　　　日子就是这？

妈　妈　（终于抬起头来直视他的眼睛）对，孩子，我就是
　　　　想花最少的钱，给咱家买所最好的房子。

如　丝　（努力使自己镇静下来）没事儿没事儿，咱不是

怕白人啊,对吧? 就是吧——难道别处就没有合适的房子吗?

妈　　妈　他们在老远的郊区给黑人盖的房子还比别处的房子贵! 这房子是我费劲巴力挑的,最便宜,质量还好。

如　　丝　(这个消息包含着不同程度的好事和麻烦,闹得她六神无主,她坐了片刻,双手抵着下巴沉思,然后慢慢站起身来,双拳重重地打了一下桌子,双颊又焕发出喜悦的光辉)好吧,好吧! 我要说:只要我这辈子有了今天,能离开——(她开始巡视整个房间,把满心的、几乎使她流泪的幸福感发泄出来,情绪越来越激动)这些该死的裂缝的墙! (她捶墙)这些大摇大摆的蟑螂! (她挥走一队想象中的蟑螂)还有这个压根儿也算不上什么厨房的转不开腰的小破地儿! ……我就要虔诚地说,光荣归于主! 滚蛋吧,悲惨的日子……我再也不会见到你了! (她喜悦地大笑,在想象中已经把整所房子都毁灭了。她高举起双臂,然后幸福地、慢慢地、沉思地落下双臂,放在自己的肚子上,大概是第一次感觉到肚子里的小生命是幸福地,而不是绝望地在跳动)妈?

妈　妈　（看看她这么幸福,感动地）什么,亲爱的？

如　丝　（目光移开去）那房子里——阳光充足吗？

妈　妈　（理解地）没错,孩子,阳光特别充足。

　　　　〔长时间的停顿。

如　丝　（平静下来,向崔维斯所在房间走去）好吧——
　　　　我看还是把崔维斯这事了结了吧。（向妈妈）说
　　　　真的,我今天都没心思管教孩子了！

　　　　〔下。

妈　妈　（现在房中只剩下母子二人了。妈妈等了半天,
　　　　深深地思考着,然后才开口）孩子,你……你明
　　　　白我为什么这么做,对吧？（沃特阴郁地沉默
　　　　着）今天我眼看着我的一家子走向分裂……就
　　　　在我的眼皮子底下……再也不能像这样了！这
　　　　是走向深渊呵,不是往高处走啊——什么把孩
　　　　子打掉啊,彼此盼着别人死去吧……过成这样,
　　　　非得做出改变不可了！要往前奔,就得来个巨
　　　　变……（她等了等）你说呢,孩子？我希望你说
　　　　我做得对……

沃　特　（慢慢地走到他的卧室门口,终于转过身来,他
　　　　的话是思量过的、冷冷的）我说什么呀？您是一
　　　　家之主！您想怎么过我们就怎么过！钱是您

的,照您的意思花呗！何必要我说您做得对不对呢？（辛辣地、尽力地刺伤她的心）就这样,把我的梦毁得干干净净,您还说什么孩子们的梦想呵……

妈　妈　沃特·李……

〔他不理,进屋关上了门。妈妈独自坐在屋中,沉重地思索着。

——幕落——

第 二 场

时间：星期五晚上。数周后。

〔幕启时：包装用的木箱说明这个家庭准备搬家了。班妮莎和乔治进，大概又是出去玩了一晚上回来。

乔 治 ……行，行！你爱怎么说都行……（两人在沙发上坐下。他想吻她，她躲开）你看，咱们这一晚上都挺高兴，这会儿别闹别扭，行不行？

〔他又扳过她的头来，想挨近她，她又转过头去。她这样做倒也不是出于厌恶，而是这会儿不感兴趣；她还想接着刚才的话谈下去。

班妮莎 哎呀，正说话呢……

乔 治 咱们老是说说说！

班妮莎 那怎么了？我喜欢交谈……

乔 治 （忍无可忍，站起来）行啦！交谈我不反对……可现在你玩这套——我是说，玩深沉！我不喜欢。挺好一姑娘,脸蛋儿身材都漂亮,这就齐了,宝贝儿! 玩什么深沉呀? 男人不会因为深沉喜欢你——喜欢的都是漂亮。多好哇? 你该为这个高兴。别玩悲剧大明星嘉宝那范儿,对你不合适! 你看我,我就喜欢漂亮的——(找适当的词句)单纯的——(考虑着)懂得人情世故的姑娘……我不要女诗人……懂不懂?

〔她又推开他,他站起来,作势走。

班妮莎　干吗乔治——生气啦?

乔　治　莫名其妙嘛! 我跟你约会不是为了讨论"沉默的自暴自弃属于什么性质",也不是为了跟你交流思想——这个世界上的人不在乎你想什么……

班妮莎　既然如此,为什么还要读书? 上学干吗用?

乔　治　(故意装作耐心的神气,扳着手指数着)很简单。你读书——为了学知识——为了得分——为了考试——为了拿文凭。如此而已……跟思想毫无关系。

〔长时间的停顿。

班妮莎　这么回事儿。(她看着乔治,一个更长的停顿)再见吧,乔治。

〔乔治有点奇怪地看看她,转身要走,正碰上走进来的妈妈。

乔　治　哦——您好,扬格太太!

妈　妈　你好,乔治,最近好吗?

乔　治　好得很,好得很——您怎么样?

妈　妈　累。你知道,干一天活再爬这个楼梯还真够我一呛! 你们今儿晚上玩得开心吗?

乔　治　是的,非常愉快。再见。

妈　妈　再见再见。(他下。妈妈走进来,关上门)你好吗,乖——你干吗那样坐着?

班妮莎　那我该怎么坐着?

妈　妈　你们玩得不开心吗?

班妮莎　不怎么样。

妈　妈　不怎……怎么回事呀?

班妮莎　妈,乔治是个二百五——不开玩笑。(她站起身来)

妈　妈　(来来回回正忙着放下她带回来的包裹,她听到这话停住了)真的,宝贝?

班妮莎　真二。(班妮莎一边谈话一边替崔维斯铺床)

妈　妈　你肯定?

班妮莎　肯定。

妈　妈　那——咱不跟二百五瞎耽误工夫！

　　〔班妮莎抬头看母亲，看着妈妈把食品放进冰箱。她终于收拾起自己的东西，开始向卧室走去。在门口她站住了，回头看母亲。

班妮莎　妈妈——

妈　妈　什么事，宝贝？

班妮莎　谢谢您。

妈　妈　谢我什么？

班妮莎　谢谢您这次能理解我。

　　〔班妮莎很快走下，妈妈站在那里，微笑，看着班妮莎刚才站的地方。

　　〔如丝上。

如　丝　妈，这些东西您别动呵！

妈　妈　嘻，我就是想把有几样归置一下……

　　〔电话铃响。如丝接电话。

如　丝　（对电话）喂？稍等……（走到门口）沃特，是阿诺德太太的电话。（等了一下，回去接电话，紧张地）喂？是的，我是他妻子……他正在床上躺着呢……对！他病得挺厉害。是的……对对对，我们早该打个电话，我们本来以为他今天能上班……是的，是的，真对不起！是的……谢谢您！他明天一定来上班。（她挂上电话。沃特站在她身后卧室门口）是阿诺德太太的电话。

沃　特　（冷淡地）是么。

如　丝　她说你明天要是还不去上班，他们就要另外雇人了……

沃　特　哟，这可惨喽——吓死我啦！

如　丝　她说阿诺德先生一连三天都只能打车去上班……沃特，你三天没去上班了！（这对她是件意外的事）你上哪儿去啦，沃特·李·扬格？（沃特看着她，大笑起来）你这样要把工作丢了！

沃　特　没错！

如　丝　沃特，妈妈每天干活拼死拼活，可你——

沃　特　这也很惨——什么都很惨，怎么办？

妈　妈　这三天你都干什么去了，孩子？

沃　特　我的妈，您不知道吗？在这座城市里，一个人只要有闲工夫，可干的事儿多啦……今儿是礼拜几来着？礼拜五晚上？哦，礼拜三我开威利·哈里斯的车出去转了一圈……就光我一个人啊！我开呀开呀，出了城，出了芝加哥南区好远，然后我把车停下来，坐在那儿，看那些钢铁厂。我就坐在车里，看那些大黑烟囱，看了好几个钟头。然后我就开车回来,到"绿帽"夜总会去了。(停顿)礼拜四呢?礼拜四我又借了车,开上以后嘿,我调过头,我朝相反的方向开,又开了好几个钟头——远!一直开到威斯康辛,到了那儿我就看农场——光看农场啊!然后我又开回来,去了"绿帽"夜总会。(停顿)今儿呢——今儿我没借着车,我就拿腿走!我走遍了整个南区!我看那些黑人,他们也看我,末了儿我就在三十九号路跟南大街那儿的马路牙子上坐了会儿。我就坐那儿,看着那些来来往往的黑人。然后我就去了"绿帽"夜总会。惨吧?你们都抑郁了吧?你们知道我现在要上哪儿去了吧——

〔如丝一声不响地走出去。

妈　妈　(望天)哦,老沃特,这就是咱们辛苦一辈子的成果吗?

沃　特　知道我为什么喜欢"绿帽"夜总会吗?(他打开收音机,一种闷人的、浓烈的布鲁斯立刻充满了房间)我喜欢他们那儿吹萨克斯那小矮子……这小子真能吹呀!还跟我聊!他也就一米五,那脑袋长得歪瓜裂枣似的,眼睛老闭着,一身音乐范儿——

妈　妈　（站起来,从自己的手提包里取出一个信封）

　　　　沃特——

沃　特　还有弹钢琴那哥们儿……他们真有点意思! 我
　　　　是说,他们真能玩活儿!"绿帽"夜总会有天下
　　　　最好的爵士乐队……你只要坐在那儿,喝着酒,
　　　　听那三个家伙一吹一弹,你就明白了:什么都是
　　　　假的!

妈　妈　我也有责任呀,孩子! 沃特,我错了。

沃　特　哪儿的话——您什么时候错过呀,我的妈!

妈　妈　行了! 听我说——我承认我错了,孩子。别人待
　　　　你不好,可我也不怎么样!（她停住了,沃特慢慢
　　　　地抬起头来看着她,她央求地看着他的眼睛）沃
　　　　特,可是有一点,你始终没明白:我的一切,所有
　　　　的一切,想要的一切,没有一样不是为了你! 什
　　　　么也比不了你……别的东西:什么钱呀,梦想
　　　　呀,什么都比不上呵! 但要是我这样做倒毁了
　　　　我孩子的梦——（她把从包里取出的信封放在
　　　　他面前,他一言不发,一动不动地凝望着她）我
　　　　付了三千五百块钱房子的订金,还剩下六千五
　　　　百块。礼拜一一早你把这笔钱存银行去,存三

千块给班妮莎当学医的学费,剩下的钱你另开个户头——用你的名字。从现在起,从你的户头里取出一分钱或是存进一分钱,都由你定,你决定!(她有些无可奈何地垂下双手)钱不多,可这是我在这个世界上的全部财产,交给你了。你本来早该是一家之主了,我要你从现在起就担当起来。

沃　　特　(瞪着钱)您真这么信得过我吗?妈妈?

妈　　妈　我从来就没有信不过你。我也从来没有过不爱你。

　　　　　〔她走出去,沃特坐在那里望着桌上的钱,音乐独特的旋律继续在屋中有节奏地起伏。最后,他作了一个下定决心的手势,站起来,以一个夸张的动作,将钱抓在手中。崔维斯此时进,准备上床。

崔维斯　怎么了,老爸?你喝多啦?

沃　　特　(以前所未有的温柔)没有,爸爸没喝醉。爸爸以后永远不会再喝醉了。

崔维斯　那可好。晚安,老爸!

　　　　　〔父亲从沙发后边抱住儿子。

沃　　特　儿子,今儿晚上,咱们聊聊吧?

崔维斯　聊什么?

沃　　特　可聊的太多了！比如:你未来的志向——你长大了想干点儿什么呀,儿子?

崔维斯　公交司机!

沃　　特　(笑)就这?这没什么大劲!

崔维斯　那为什么呀?

沃　　特　因为——不够大!你知道吗?

崔维斯　那我就不知道了。定不下来。有时候妈妈也问我这个,然后有时候我就说,我想学你,她就说,她可不乐意我变成你这样儿,然后也有的时候她说,变成你也行……

沃　　特　(把儿子搂过来)你知道吗,崔维斯?七年之后,你就该十七了,到那时候,咱们可大不一样喽!你满十七岁那天,我从市中心的大写字楼,回到家中……

崔维斯　可爸,你又不在写字楼上班……

沃　　特　今晚之后就在了。今儿晚上,你爸我出手之后,写字楼会有的!写字楼多了去了……

崔维斯　今儿晚上你要干什么呀,老爸?

沃　　特　这个……你还理解不了。大业务!一笔能改变咱们生活的大业务!所以你十七岁那天,我开了一整天的会回家——秘书们搞得一团糟,你

知道吗,当老总可不容易……(他越扯越远)我
把车停在车道上——就是辆全黑的克莱斯勒我
估计,白内饰,黑轮胎。显得高级。有钱人有品
位。可你妈那辆得运动型一点——来个敞篷凯
迪拉克,给她买菜去! 然后我走上别墅的台阶,
园丁修剪着树墙,说:"晚上好,扬格先生!"我就
说:"你好哇,杰佛逊,今晚过得如何?"然后我进
屋,然后如丝下楼在门口迎接我,然后我们深情
接吻,然后她挎上我的胳膊来到你的房间,看到
你坐在那儿,周围各种美国名校的招生简
章……都是全世界最顶尖的名校! 然后我就
说:不错呀,孩子! 今天是你十七岁的生日,你
决定了没有哇? 你想上哪个学校? 只要你言语
一声,你说上哪个咱上哪个! 是! 只要你说出
来,我会给你整个世界!

〔沃特的声调高到歇斯底里的程度。他一把将
儿子崔维斯高高举起。

——黑场——

第 三 场

时间：一个礼拜之后，星期六，搬家的日子。

〔开幕之前，如丝的歌声——一种粗犷的、富有感情的唱诗班式的女低音，划破了静寂。

〔在黑暗中，这歌声唱出一种澎湃的胜利的情感，唱出一种对未来的有力的肯定："噢，主，我毫不感觉疲倦！孩子们，噢，光荣归于主！"

〔幕启时，我们看到如丝独自在起居室里，正在最后整理全家的包裹。今天是搬家的日子。她正在把包装用的板条箱钉好，把各种纸盒子捆好。班妮莎进来，手里提着个吉他琴盒，看着精神勃发的嫂子。

如　丝　喂！

班妮莎　（放下琴盒）你好。

如　丝　（指着一个包裹）亲爱的——打开那个包看看我今天早晨在南区购物中心买的什么！（如丝站

　　　　　　起身,走去从包裹里取出几块窗帘)看——手工
　　　　　　花边!

班妮莎　你怎么知道新房窗子的尺寸?

如　丝　(没想到过这一点)哟……那么大一房子,总会
　　　　　　有用得上的地方吧?这么便宜不买可惜了!
　　　　　　(忽然想起一件事,打一下自己头)对了,班妮!
　　　　　　我本想在那盒子上贴张纸——那是咱妈的好瓷
　　　　　　器,她要搬运工留神。

班妮莎　我来。(找了一张纸,开始往上写大字)

如　丝　你知道我一搬进新房子,第一件事儿干什么吗?

班妮莎　干什么?

如　丝　我要放上满满一浴缸热水,一直淹到这儿……
　　　　　　(她的手指简直比着鼻孔)我要坐在水里——就
　　　　　　那么坐着,坐着,坐着……谁敲门催我出来——

班妮莎　枪毙!

如　丝　(快乐地大笑)说对了,妹妹!(注意到班妮莎心
　　　　　　不在焉地把字写得其大无比)亲爱的,他们不是
　　　　　　从飞机上读这字!

班妮莎　(自己也笑了)写大了……我总觉得东西只有弄
　　　　　　得大,才能体现它的重要。

如　丝　(抬头看看她,微笑着)你跟你哥都这样……哎

　　　　　哟！提起那位先生——这几天可真是变了一个
　　　　人儿！你知道，我们俩昨儿晚上干什么去了，我
　　　　跟沃特·李？

班妮莎　什么？

如　丝　（对自己微笑着）我们看电影去了！（抬头看班
　　　　妮莎是否了解）看电影！你知道上一次我跟沃
　　　　特一块儿看电影，是什么年头儿的事儿了？

班妮莎　不记得了。

如　丝　我也不记得了。你就想想有多久了吧！（微笑）
　　　　可昨儿晚上我们去了。片子巨烂，但那没关系。
　　　　我们看了——还牵手来着。

班妮莎　哎哟！真的？

如　丝　牵着来着！后来你猜怎么着？

班妮莎　怎么着？

如　丝　等我们看完电影出来的时候，天都黑了，铺子什
　　　　么的也都关门了……天儿冷，街上也没什么
　　　　人……我们俩就还手拉手——我跟沃特！

班妮莎　嘻嘻……你们笑死我了。

　　　　〔沃特挟着一个大包裹出。他从心底里感到幸
　　　　福；他新获得的满腔欢欣使他安静不下来。他
　　　　又是唱着，又是扭着身子，又用指头打着榧子。

　　　　　他把包裹放在一个角落里,往唱机上放上一张
　　　　　他刚带回来的唱片。音乐响起来之后,他踩着
　　　　　舞步走到如丝面前,想拉她一起跳舞。她终于
　　　　　向他兴高采烈的情绪让了步,在一阵咯咯的笑
　　　　　声中,她让沃特的情绪感染了,两个人一同故意
　　　　　夸张地跳起一种他们年青时代流行的交际
　　　　　舞来。

班妮莎　(在一旁看着他们跳舞,看了半天,然后吸了一
　　　　　口气,用十分夸张的口气发表评论,其实她并不
　　　　　认真)瞧瞧这俩老派的黑人哟!

沃　特　(暂停了一下)什么黑人?(他是开玩笑地说的。
　　　　　今天他不会对妹妹生气,对谁都不会生气。他
　　　　　又开始跟妻子跳起舞来)

班妮莎　老派的!

沃　特　(一边和如丝跳着舞)你瞧着吧,要是她们这些
　　　　　新派的黑人召开一届全国黑人代表大会——
　　　　　(指着妹妹)我妹保准能当上黑宣部部长。(他
　　　　　继续跳舞,然后停下来)种族,种族,种族!……
　　　　　姑娘,你是人类史上头一份,把自己都宣传得信
　　　　　了的……(班妮莎不禁笑了起来,他又继续跳
　　　　　舞。他又停下来,逗着妹妹玩)我说,你们"全国

黑大常委会"不放假呀？（班妮莎和如丝笑起来。他和如丝又跳了几步，开始大笑，站住了，模拟起一个站在手术台旁的外科医生）我完全可以想象，有一天这丫头站在手术台前，正准备把一个可怜的家伙开膛破肚的时候，忽然说：（用一种凶恶的样子挽起袖子）"哎对了，你对黑人投票权持什么立场？……"（他又对她大笑，然后高兴地跳起舞来。门铃响）

班妮莎　随便说吧……不疼不痒痒！

　　　　〔班妮莎走去开门，沃特和如丝仍旧在胡跳着玩。班妮莎看到一个外表正派的中年白人，感到有点惊讶。这个白人穿着一套日常的西装，手里拿着帽子和一个公事包，一面核对着手里的一张纸。

来　人　哦，您好，小姐！我找一位——（他看一眼那张纸）莱娜·扬格太太，是这儿吗？

班妮莎　（稍有些窘地抚一下头发）对，她是我母亲——对不起，请等一下！（她关上门，转身叫房间里的两个人安静下来）如丝！哥！有客人……（然后她开门。来人好奇地很快地扫了他们大家一眼）请进。

来　人　（走进屋来）谢谢。

班妮莎　我母亲没在家……请问有什么事？

来　人　呃……可以说是公事。

沃　特　（从容地，一家之主的样子）请坐。我是扬格太太的儿子。我可以代理我母亲的对外事务。

〔如丝和班妮莎听到这话觉得可笑，对视。

来　人　（端详着沃特，坐下）哦，那好。我叫卡尔·林纳……

沃　特　（伸出手去握手）我叫沃特·扬格。这是我的妻子，（如丝客气地点点头）这是我的妹妹。

林　纳　你们好。

沃　特　（他轻松地在一把椅子上坐下，感兴趣地倾身向前，扶着双膝，期待地看着客人的脸，和蔼地）有何见教，林纳先生？

林　纳　（稍微在膝头上整理了一下帽子和公事包）嗯，本人是克莱邦公园房产促进协会的代表……

沃　特　（指着）您东西可以放下。

林　纳　哦对，谢谢。（他把公事包和帽子塞到椅子底下）刚才说到——本人是克莱邦公园房产促进协会派来的，我协会上次例会的时候，得知你们，至少是您母亲，在我们小区购买了一处房产，地址是——（他又掏出那张纸）克莱邦公园四百零六号……

沃　　特　是呀……哎,你要不要喝点什么? 如丝,给林纳先生来罐啤酒!

林　　纳　(不知何故有些慌张)哎别! 我不喝……我是说,非常感谢,可是不用。

如　　丝　(天真地)那——来点咖啡?

林　　纳　谢谢,我什么也不喝。(班妮莎仔细观察来人)

林　　纳　嗯,我不知道诸位对我们协会是否了解。(他是个文雅的人,周到得有些不自然)这是个民间组织,宗旨是维护……啊,比如房屋的维修、公共设施之类的事。我们还附设一个叫作"新邻居适应环境委员会"的组织……

班妮莎　(不动声色地)那这个组织又是干什么的呢?

林　　纳　(稍稍转向她一点,然后掉转头去主攻沃特)这个……我想大概也可以把它叫作一种欢迎委员会吧! 我是说他们……呃,我们,我是这个委员会的主席——我们去访问新搬到这一带来的人,给他们多少介绍一下我们克莱邦公园的办事规矩。

班妮莎　(理解到来人话中的双重意义,如丝和沃特却没听出来)这么回事儿。

林　　纳　我们也解决一些问题,我们称之为……(他避开他们的目光)这个,特殊群体问题……

班妮莎　比如说?

沃　　特　妹,让人家说话。

林　　纳　(含蓄地,实际上大大松了一口气)谢谢。我希望能按照我自己的方式来解释清楚这件事。我是说,我希望按照一定的程序向你们解释。

沃　　特　说呗。

林　　纳　好。我尽快切入主题。我相信这样对我们大家都好……

班妮莎　那就对了。

沃　　特　别老打断人家!

林　　纳　嗯——

如　　丝　(仍旧天真地)您要不要换把椅子?——你好像坐得不太舒服。

林　　纳　(倒不是不高兴,而是被搅扰得心烦起来)不用!多谢。劳驾让我说完……嗯,开门见山地说吧!我——(深呼了一口气,终于说了出来)我相信你们一定听说过:在本市由于黑人搬进某些社区居住,结果发生了一些不愉快的事件……(班妮莎重重地呼出一口气,开始把一个水果在空中扔上扔下）不过，由于我们这个组织的性质可以说是美国社区生活方式中独一无二的，所以我们不仅仅对这种事情表示遗憾，而且正做出努力解决这个问题。（班妮莎停止了扔水果，以一种新的好奇的兴趣转身看来人）我们认为：（听他说话的这些人的脸上所显示出来的兴趣，使他对自己的使命增强了信心）今天世界上绝大多数的纠纷，究其根源——（他捶膝以加重语气）都是因为人们缺乏彼此交流造成的。

如　　丝　（像在教堂里听说教似的点着头，对这段话听得很入耳）你说得对，林纳先生。

林　　纳　（这种肯定更鼓励了他）因为当今社会人们缺乏换位思考，也就是从对方的角度看问题。

如　　丝　这话正确。（班妮莎和沃特只是怀着真正的兴趣看着他，静听他说）

林　　纳　是的，这就是我们克莱邦公园的居民的观点。正因为如此，大家才推选我，今天下午到这里来，和你们诸位协商，友好地协商。你们知道，人们应该每件事都坐下来协商，找到解决问题的方法。正如我所说的，问题的关键就在于互相谅解。看得出来：你们是一家正派人，肯定是又勤劳又善良。(班妮莎疑问地微微皱起眉头，歪着头观察他)现如今谁都知道被歧视是什么滋味，当人们感到被歧视，而不了解真实情况时，这种情绪就很可能被利用……

沃　特　您……到底说什么呢？

林　纳　是这样——你知道我们那些居民吧，都是奋斗好多年，才建立起这么个小小的社区。他们并不是大款土豪，只不过是些勤勤恳恳的老实人，并不富有，只有他们小小的家，他们的梦想也就是建立一个适于教养孩子的环境和社区。倒并不是说他们的要求全都合情合理，但我们必须承认，一个人，不管他的想法对还是不对，他有权利希望他所居住的社区成为他理想中的样子。目前，我们那儿绝大多数的人认为：如果居民们有共同的背景，那么大家会相处得更融洽，对于社区的生活也会有共同的兴趣点。相信我：这不是什么种族歧视！仅仅是克莱邦公园的居民们相信：为了大家都好，我们的黑人家庭还是住在他们自己的集体里更幸福。

班妮莎　(作了一个巨大的、愤激的手势)朋友们，这就是欢迎委员会！

沃　特　（惊异得愣了半天,看着林纳)你大老远地跑到这儿来,就为告诉我们这个吗?

林　纳　兄弟,咱们一直都谈得挺好,我希望你们听我把话说完⋯⋯

沃　特　（紧绷着脸)你说。

林　纳　是这样:就我以上所说的这一切,我们愿意向你们提出一个非常慷慨的价格⋯⋯

班妮莎　三十块银币,出卖灵魂的价格!

沃　特　接着说。

林　纳　（戴上眼镜,从公事包里拿出一张表格来)本协会同意通过我们区居民的社区捐款,以高于原价的价格从你们手里买下这所房子⋯⋯

如　丝　真不要脸!

沃　特　好吧,你说完了吗?

林　纳　嗯,我还需要说明一下有关这笔款项的具体条款——

沃　特　我们哪方面的条款也不想听!我就想知道你还有什么"人们应该互相谅解"之类的话要说吗?

林　纳　（摘下眼镜)可⋯⋯我看你好像不觉得⋯⋯

沃　特　您甭管我怎么觉得——你还有什么"换位思考"之类的屁话没有? ⋯⋯没啦?那就从我的家里

滚出去吧!(他转身走到门口去)

林　　纳　(环顾大家充满敌意的脸,伸手拿起帽子和公事包)但是我不明白你们为什么这样对待我的建议。你们搬到一个根本不欢迎你们的环境里,对你们有什么好处呢?我们那儿有些人,当觉得他们的生活方式——他们好不容易挣来的一切受到威胁的时候,他们的情绪可能会变得非常激烈的……

沃　　特　滚出去。

林　　纳　(站在门口,手里拿着一张小小的名片)好吧,事情变成这样,我很遗憾……

沃　　特　滚!

林　　纳　(几乎是受伤的样子看着沃特)你不可能强迫人们改变想法的,孩子。

〔他转身把他的名片放在一张桌子上,然后走了出去。沃特带着彻骨的仇恨关上门,站在门口朝门瞪着。如丝坐着,班妮莎站着,都不说话。妈妈和崔维斯上。

妈　　妈　嘿,就我出门这会儿工夫,东西已经都包好了!我的天,我的孩子干劲十足呀!搬运工什么时候来?

班妮莎　四点。妈,刚才您来客人了。(她微笑着,逗弄妈妈)

妈　妈　真的——谁呀?

班妮莎　(顽皮地抱着双臂)欢迎委员会。(沃特和如丝冷笑)

妈　妈　(不知内情)谁?

班妮莎　欢迎委员会。他们说很高兴您搬到他们那儿去。

沃　特　(加油加醋地)没错,他们说就盼着跟您见面,简直都等不及了。(众人笑)

妈　妈　(看出来他们在取笑)你们这都是怎么了?

沃　特　我们怎么也没怎么,就是跟您讲讲,今天下午来找你的那位上等人——他代表克莱邦公园房产促进协会。

妈　妈　他来干什么?

如　丝　(态度和班妮莎跟沃特一样)欢迎您呀,亲爱的。

沃　特　他说他们简直急不可待。他说他们那儿别的都不缺,急着就想要一家高级黑人!(对如丝和班妮莎)我没说错吧?

如　丝　(和班妮莎嘲弄地)没说错!他还留下了名片,找他方便——

〔她们指名片,妈妈把它拿起来,读,然后扔在地上——她明白了。她抬起眼睛向前望,把椅子拉得离桌子近一些,桌上放着她的花盆和一些小木条、绳子。

妈　妈　天父,赐给我们力量吧! (了解地,没有玩笑的神情)他威胁我们了吗?

班妮莎　那倒没有,妈,他们现在已经不那么干了。他们现在讲"博爱"。他说大家都应该学会坐下来,以基督徒的精神彼此仇恨。(为了使这句话可笑,她和沃特故意握了握手)

妈　妈　(悲伤地)上帝呀,保佑我们……

如　丝　您知道吗?他们凑了多少钱来把房子从咱们手里买过去——比咱们付出去的还多呢。

班妮莎　你说他们怕咱们什么呀?怕咱们把他们吃了?

如　丝　不,亲爱的,怕咱们嫁给他们。

妈　妈　(摇着头)哦,上帝呀,上帝……

如　丝　就是——白人就是这样的。真有意思。

班妮莎　(注意到妈妈在做的事,笑)妈,您这是干吗呢?

妈　妈　把我的这盆花捆好,省得半路上碰坏了……

班妮莎　妈!你还要……把这玩意儿带到新房子去?

妈　妈　是啊——

班妮莎　就这么个老破玩意儿？

妈　妈　（停手，看着她）它代表了我！

如　丝　（开心地，向班妮莎）得，没话说了吧，你个小事儿妈？

　　　　〔沃特忽然走到妈妈身后，弯下身来，用全力抱住她。妈妈被这突如其来的动作深深地打动了，她虽然心里很高兴，但她的态度却像如丝对待崔维斯那样。

妈　妈　行了行了，小心点，孩子！别把我这玩意儿弄坏了！

沃　特　（他容光焕发，在妈妈身旁跪下，两臂仍旧抱着她）妈妈……你知道坐着摩天轮节节高升是个什么感觉吗？

妈　妈　（粗声粗气地，其实非常高兴）行了，别来劲了……

如　丝　（站在那个像礼盒似的包裹前，努力想捕捉沃特的目光）嘘——

沃　特　那首老歌是怎么唱的，妈妈？

如　丝　沃特——现在吗？（她指着包裹）

沃　特　（对着妈妈的脸，柔和地、逗弄地背诵着歌词）我有翅膀……你有翅膀……上帝的孩子都有翅膀……

妈　妈　孩子……别冲着我的脸说话，干活儿去吧……

沃　　特　我到了天堂就装上我的翅膀，我要在天堂到处
　　　　　飞翔……

班妮莎　（在屋子的另一头，逗着哥哥）老把天堂挂在嘴
　　　　　边上进不了天堂！

沃　　特　（向捧着盒子朝他们走来的如丝）咱们给她这个
　　　　　吗？我还没想好呢……万一她不喜欢呢？

妈　　妈　（瞥着盒子，显然是一种礼物）这什么呀？

沃　　特　（从如丝手中接过盒来，放在妈妈面前的桌子上）
　　　　　你们说呢？给还是不给？

如　　丝　给吧，她今天表现挺乖的。

妈　　妈　你们胡说什么呢……（她又转过去看盒子）

班妮莎　打开就知道了，妈妈。

　　　　　〔妈妈站起来，看看盒子，又转过身来看他们每
　　　　　一个人，然后双手握在一起，并没有去打开
　　　　　盒子。

沃　　特　（柔和地）打开吧，妈妈。是送给您的。（妈妈看
　　　　　看他的眼睛。这是她生平除了圣诞节之外第一
　　　　　次收到的礼物。她慢慢地打开盒子，一件一件
　　　　　地从盒子里取出一套崭新的、闪闪发光的种花
　　　　　的工具。沃特碰了碰她，接着说）字条是如丝写
　　　　　的——您念念……

124

妈　　妈　（拿起卡片,戴正眼镜）"送给我们的英雄母亲——
　　　　　　哥哥、如丝、班妮莎敬赠"——这太好了……

崔维斯　（扯着爸爸的袖子）老爸,我现在可以把我的礼
　　　　　　物送她了吗?

沃　　特　可以呀!（崔维斯飞奔去取他的礼物）妈妈,崔
　　　　　　维斯不愿意跟我们一起,他有他自己的。（觉得
　　　　　　有些好笑）我们都不知道是什么……

崔维斯　（捧着一大帽盒子跑回来,把盒子往妈妈面前一
　　　　　　放）就这个!

妈　　妈　哟喂,乖。你给奶奶买了顶帽子呀?

崔维斯　（非常自豪地）您打开吧!

　　　　　　〔妈妈打开盒子,拿出来一顶简直花哨得一塌糊
　　　　　　涂的宽边草帽,大人们一看都不禁大笑起来。

如　　丝　崔维斯宝贝,这是什么呀?

崔维斯　（觉得帽子又漂亮又合适）这是在花园里戴的草
　　　　　　帽! 杂志上那些太太们在做园艺时都戴这样的
　　　　　　帽子。

班妮莎　（咯咯地笑得喘不过气来）崔维斯,奶奶是个传
　　　　　　奇女英雄,不是时髦贵妇人!

妈　　妈　（很不满意地）你们干吗呀! 这顶帽子多漂亮
　　　　　　呀!（编瞎话哄孩子）奶奶一直想要这么一顶

帽子！

〔她戴上帽子向孩子证实自己的话，帽子看起来可笑之极，而且太大了。

如　丝　哎呀妈呀！笑死我了！

沃　特　(笑得直不起腰来)说实话啊我的妈——您这样特像百老汇跳摘棉花的！

〔大家都笑，只有妈妈为了照顾崔维斯的情绪，不笑。

妈　妈　(抱孩子)我的好孩子，这是奶奶这辈子最漂亮的帽子！(沃特、如丝和班妮莎都随声附和——大声地、兴高采烈地假装着夸奖崔维斯的礼物买得好)咱们在这儿傻站着干吗？东西还没打完包呢。班妮，你的书一本还没装呢……(门铃响)

班妮莎　不可能是搬运工吧……还不到两点呢——(班妮莎回自己的房间，妈妈去开门)

沃　特　(转身，浑身绷紧了)等一下！等一下……我去开！(他站着不动，看着门)

妈　妈　你约了客人吗，孩子？

沃　特　(不动地看着门)对，对……

〔妈妈看看如丝，两个人对此毫无所知，坦然不惧地对看一眼。

妈　　妈　（不理解沃特的情绪）那，请人家进来吧，孩子？

班妮莎　（从屋子里向外喊）还需要绳子！

妈　　妈　崔维斯，你去五金店一趟，买点绳子来。

　　　　　〔妈妈进屋去了，沃特转过身来看着如丝。崔维斯去盘子那边拿钱。

如　　丝　你怎么不去开门呀，沃特？

沃　　特　（突然跳到如丝身边拥抱她）因为迎接未来不是件容易的事！（冲着她的脸，唱）我有翅膀！你有翅膀！上帝的孩子都有翅膀……（他走到门口，用力一下子打开了门。门外站着一个非常小个儿的男人，穿着一身不大起眼的休闲西服，眼睛充满惊恐的神色，帽檐向上翻起，帽子往下拉得很低，紧紧扣在头上。崔维斯从两个人之间钻出去。沃特探身逼近来人的脸，依旧喜气洋洋）到了天堂我就要装上翅膀！我要飞过整个天……（小个男人呆呆地看着他）堂……（他突然停住，往小个男人背后的楼梯上张望）威利呢，哥们儿？

勃　　勃　他没跟我在一块儿。

沃　　特　（没在意）哦——请进！我老婆你认识吧？

勃　勃　（木然地，摘下帽子）认识——你好，如丝小姐。

如　丝　（沉静地，一见到勃勃她的情绪就已经和丈夫不同了）你好，勃勃。

沃　特　你今儿来得准时呀……非常准时！这就对了！（他拍着勃勃的背）坐下……说说吧！

〔如丝僵直地静静站在他们的背后，好像她不知为什么闻到了不祥的气息，她的两眼紧盯着丈夫。

勃　勃　（他惊恐的眼光盯着地板，帽子拿在手里）劳驾能不能先让我喝口水再说，沃特·李？（沃特眼睛盯着勃勃。如丝盲目地走到水龙头那儿放了一杯水，递给勃勃）

沃　特　没出什么事儿吧，没有吧？

勃　勃　你听我说……

沃　特　妈呀，没出什么乱子吧？

勃　勃　你听我说呀！沃特·李……（看看如丝，他的话更多是朝如丝说的，而不是朝沃特）你知道是怎么回事吗？我得告诉你是怎么回事。首先，我得把这件事，从头到尾告诉你……就是吧，我吧，投进去的钱吧……

沃　特　（现在紧张激动起来了）怎么了？你投的钱怎

么了?!

勃　勃　呃,其实钱不多,我和威利跟你说过——(他停住了)对不起,沃特! 我就觉着要出事! 出大事……

沃　特　靠,你这儿跟我说什么呢? ……告诉我:你们在溪田怎么着了?!

勃　勃　对,溪田,没错儿……

如　丝　(面无表情)你们去溪田干什么了?

勃　勃　(对如丝)我跟沃特跟威利合伙干的这生意吧,我和威利本来要到溪田去花点钱运作一下,这样就可以把那个卖酒的牌照立马拿下……我们就是干这个去。都说必须得这么运作才行,你知道吧,如丝小姐?

沃　特　那后来呢?

勃　勃　(一副可怜相,几乎泪下)我这不正说呢吗,沃特……

沃　特　(突然对他叫嚷起来)那就快说呀,我靠……到底怎么啦?

勃　勃　我……昨天没去溪田……

沃　特　(屏住呼吸,他的一切都取决于这一刹那)为什么没去?

勃　勃　(绕着圈子说,这样说其实最费力)因为吧,我去
　　　　了也没用……

沃　特　哥们儿,你说什么呢?

勃　勃　说实话,昨天一大早儿我到火车站,约的八点
　　　　钟,事先说好的……谁承想——威利压根儿就
　　　　没露面……

沃　特　没……他哪儿去了,现在?

勃　勃　可说呢!……我不知道哇!我等了六个钟头!
　　　　给他打电话……等啊等,六个钟头哇!我在火
　　　　车站足足等了六个钟头!(哭了出来)我那点儿
　　　　积蓄全在那里头哇……(抬头看沃特,眼泪顺着
　　　　脸往下流)兄弟,威利跑路了。

沃　特　跑路?你说威利"跑路"是什么意思?跑哪儿去
　　　　了?你是说——他一个人去溪田,去办卖酒的
　　　　牌照了?(转身焦虑地看了眼如丝)你是说,也
　　　　许他觉得,去的人别太多?(又看如丝)你知道
　　　　威利喜欢单干……(又转对勃勃)没准你到得有
　　　　点儿晚,他等不及就一个人去了……没准……
　　　　没准他一直往你家里打电话呢……也没准……
　　　　没准他病了!这会儿正在——他总得在个哪儿
　　　　吧?总之我们非找着他不可——你跟我必须找

到他！（毫无意识地抓住勃勃的衣领,摇晃地）
必须的！

勃　勃　（挣脱,突然爆发出一阵又恼怒又恐慌的痛苦情
　　　　绪）你他妈怎么回事儿,沃特！他都卷钱跑路了
　　　　还能给你留下地址呀？

沃　特　（疯狂地转过身来,好像就在这间屋子里寻找威
　　　　利似的）威利！威利……不能呀哥们儿！
　　　　你……不能卷走这钱呀！哥们,求你别卷走这
　　　　笔钱……噢,上帝呀,这是一场梦吧……（他在
　　　　屋中转来转去,呼唤威利,寻找威利,也许在寻
　　　　求上帝的帮助）哥们儿！我相信了你……我把
　　　　我的命放在了你的手心里……（他向地板上瘫
　　　　倒下去,如丝恐惧地捂住了脸。妈妈打开房门
　　　　走进屋里来,班妮莎跟在她后面）哥们儿……
　　　　（他开始用双掌捶打地板,猛烈地抽泣）这笔钱
　　　　是我父亲用命换来的呀……

勃　勃　（无可奈何地站在沃特身后）真对不起,沃特……
　　　　（回答他的只有沃特的哭声。勃勃戴上帽子）我
　　　　也是把命都压在这笔生意上了……
　　　　〔他下。

妈　妈　（向沃特）孩子……（她走到沃特身边,弯下腰去

对他低垂的头讲话）咱那钱……没啦？我交给
你的六千五百块钱——没了？都没了？包括班
妮莎的学费？

沃　特　（慢慢地抬起头来）妈妈！我压根儿就没到银行
去……

妈　妈　（不敢相信他的话）你是说……你妹妹上学的
钱……你也给投进去了——沃特？

沃　特　是的！所有的钱……都没了……

〔屋内是完全的沉默。如丝双手捂住脸站着不
动，班妮莎绝望地靠在墙上，手指绕弄着送妈妈
的礼物盒上的一条红丝带。妈妈静立不动，看
看儿子却似乎不认识他，然后，完全未经思考，
开始麻木地打他的脸。班妮莎走过来，拉住
了她。

班妮莎　妈！（妈妈停下来，看看自己的两个孩子，慢慢
地站起身来，失神地、盲目地从他的身旁走开）

妈　妈　我眼睁睁地看着他，一天一天地回家来……瞅
着那块地毯，再瞅着我……他眼睛里充满血丝，
头上青筋暴起……我看着他不到四十岁就老
了，瘦得不成样儿……成天干活，干活，就像给
主人干活的一匹老马，最后活活儿送了命……

可是你！你一天工夫就全都给丢光了……

班妮莎　妈妈——

妈　妈　哦，上帝呀……（她抬头向上帝呼吁）低头看看

　　　　我们！赐给我们力量吧！

班妮莎　妈——

妈　妈　（弯下身去）赐给我们……

班妮莎　（哀唤）妈妈……

妈　妈　力量！

——幕落——

第 三 幕

一小时以后。

〔幕启时,起居室中的光线阴沉幽暗,这种灰色的光线和第一幕第一场开幕时的很相像。在舞台右方,我们可以看见沃特独自一人待在他的房间里。他仰卧在床上,衬衫下摆露在裤子外面,纽扣都没系,双臂枕在头下。他不抽烟,也不出声,只是躺着,仰面望着天花板,仿佛世界上只剩下他独自一人似的。

〔在起居室里,班妮莎坐在桌边,四周仍旧堆满那些包装用的纸箱,这些纸箱现在看来简直像是不吉之兆。她坐着,眼望着远处。看得出来她陷在这种情绪中恐怕已经有一个小时了,而现在这种情绪仍没有消散,其中充满了极度失望的空虚。我们的视线从她哥哥的卧室横扫过来,就看得出这两个人的态度是相同的。这时门铃响了,班妮莎无精打采地站起来去开门。

来的是阿萨盖,他开朗地微笑着,精神饱满地大步跨进门来,满心幸福的期望,一面滔滔不绝地说着话。

阿萨盖　我来啦……正好有空儿。我想我也许能帮着你们打包——啊,我就喜欢看打包装箱,准备出门旅行! 有些人觉得远行伤感……可是我不是这样! 远行,是一件生气蓬勃的事情,运动,前进……这令我想起非洲。

班妮莎　非洲干吗呀?

阿萨盖　对呀,这是一种什么情感呢? 我跟你说过没有? 你能打动我最深刻的感情。

班妮莎　阿萨盖! 他把那笔钱丢掉了……

阿萨盖　谁把哪笔钱丢掉了?

班妮莎　那笔保险费。我哥把它扔了。

阿萨盖　扔了?

班妮莎　他拿去投资——交给了一个连崔维斯都能识破的骗子。

阿萨盖　都丢了?

班妮莎　丢光了!

阿萨盖　我很替你们难过……那你怎么办?

班妮莎 我？……我还能怎么办？知道吗？小的时候，到了冬天我们滑雪橇，可是我们没有雪道，只能在马路边上那些房子结了冰的台阶上滑。我们用雪把台阶填平、抹光，然后就从那上往下滑……可你知道，这么玩很危险——太陡了……结果有一天，一个叫鲁弗斯的孩子往下冲得太快了，一头撞在人行道上……我们眼睁睁着他的脸一下子摔开了花……我记得我就站在那儿，眼看着鲁弗斯满脸是血，心想他肯定得死了。可救护车来把他送到医院以后，医生把碎骨头给他接好，伤口缝上……下回我再见到鲁弗斯的时候，他也就是脸中间有一条小小的疤……这给我留下深刻的印象……

阿萨盖 你在说什么？

班妮莎 我是说：人能够治病救人，把他修理好——裂口缝合上，使他获得重生。那是世界上最了不起的职业……我就想从事那样的工作。我觉得人生在世，这是唯一实实在在的工作。治病。你知道——使他们重新拥有美好的人生呵！就像上帝一样……

阿萨盖 你想当上帝？

班妮莎　那倒不，我就想给人治病。之前这对我至关重要——我想治病救人。以前我觉得这非常重要。我是说很看重人，和人身体上的痛苦……

阿萨盖　你现在不了？

班妮莎　对——我觉得没那么重要了。

阿萨盖　为什么呢？

班妮莎　(凄苦地)因为这好像……还是浮浅，不够接近真理——可能过于幼稚，过于理想化了……

阿萨盖　什么叫幼稚？小孩子有时候看问题比理想主义者强！

班妮莎　我就知道你会这么说……

阿萨盖　那是你的钱么？

班妮莎　什么？

阿萨盖　他丢的是你的钱吗？

班妮莎　我们全家的钱……

阿萨盖　可它是你挣的吗？要不是因为你父亲的去世，你能得到这笔钱吗？

班妮莎　不能。

阿萨盖　还是的！合着你的未来和梦想，必须要靠另一个人的死亡赔偿金才能实现？我从来没想到你是这样的！你哥哥干了件蠢事，但你该感谢他。

因为这样一来，你就有理由放弃了——你说奋斗还有什么意义呢？我们人类最终的归宿是什么？我们又何必操心呢？

班妮莎　可你也没有答案！你有一大套关于非洲、关于"独立"的理论和梦想——但是"独立"了又怎么样？那些新当权的坏蛋、小偷和愚民们一样会偷、会抢——只是他们是黑皮肤的了，并且会用新的"独立"的名义去干这些事——对这些人又有什么办法？这也没有答案！

阿萨盖　(高声压住她的话)我就是答案——活答案！(停顿)在我家乡的村子里，难得有人能读报纸……或者一辈子见到过一本书！我要回家去，我要对我的村子里的人说的话，他们估计听都听不懂！可是我要教他们，启蒙他们，并且我相信，一点一点地，会发生变化，虽然一开始看不出来，但迟早会翻天覆地！巨变会发生。有可能一段时间里停滞，甚至倒退——枪击，谋杀，暴乱……我也可能有动摇的时候，怀疑这一切死亡和仇恨是不是值得。但是看到我周边的愚昧、疾病和无知，我就会再次坚强起来！也许……也许我将成为一个伟大的人！也许我会一直坚持真理的本质,直到走上正确的路⋯⋯也许为此,在某一个夜晚,我会被帝国主义的雇佣兵杀死在自己的床上⋯⋯

班妮莎　当一个殉道者!

阿萨盖　⋯⋯也许我会在我的新国家里受人尊敬,善始善终⋯⋯也许我会掌握权力!而我,阿莱尤,也许会为了坚持真理,或是贪恋权力,做出极端的事来。那时候就会有新一代青年,不是英国兵,而是我自己黑皮肤的同胞⋯⋯某天夜里从阴影里走出来,割断我不再有用的喉咙。如果是那样,我的死也是一种进步,这些除掉我的人其实是继承发扬了我的理想!

班妮莎　唉,阿萨盖,你说的这些我都明白⋯⋯

阿萨盖　那好,那么现在我有一个小小的建议。

班妮莎　什么?

阿萨盖　(在他说来算是相当沉静的声调)我建议等这一切过去之后,你跟我回家去——

班妮莎　(误解了他的意思,心烦地用手打前额)唉,阿萨盖啊阿萨盖!你浪漫也不挑个时候!

阿萨盖　(很快地理解了她的误解)我亲爱的、年轻的新世界的姑娘,我不是说回这个城里的家!我是说回大洋对岸的家——回非洲！

班妮莎　（慢慢地理解了，转身向他，惊讶地低声）你是
　　　　说——到尼日利亚去？

阿萨盖　对！……（微笑着，玩笑地举起双臂）三百年之
　　　　后，非洲王子从海中升起，狂飙般地将姑娘沿着
　　　　她祖先来的旧路带了回去……

班妮莎　（无心开玩笑）尼日利亚？！

阿萨盖　尼日利亚！家乡！（走近她，带着真正的浪漫情
　　　　感发挥着）我要给你看我们的高山和星星，给你
　　　　喝盛在葫芦里的清凉饮料，教你唱我们民族的
　　　　古老歌曲，教你学我们民族的生活习惯——最
　　　　后，我们就说——（非常轻柔地）你其实刚刚离
　　　　开家乡……

　　　　〔她转过身去，背向着他，思索着。他把她扳回
　　　　来，长时间地热情地拥抱她。

班妮莎　（挣脱出来）你把我都弄蒙了……

阿萨盖　怎么了？

班妮莎　我脑子都乱了……今天发生的事情太多了！我
　　　　必须坐下来稳稳神儿……这会儿我是蒙的……

　　　　〔她说完立刻坐下，双手支住下巴。

阿萨盖　（喜爱地）好吧，那我先走了……别站起来！（温

柔地、亲密地摸摸她）就坐那儿，好好思考一下……思考一下人生……永远不应该怕坐下来好好想想。（他走到门边，看着她）多少次当我看着你,心里就想："啊! 新世界造就出的一代新人……"

〔他走出去。班妮莎继续独自坐着。这时沃特从他的房中走出来,开始一通乱翻,着急忙慌地找什么东西。班妮莎抬起头,在椅子上转过身来。

班妮莎　（从牙缝里说）哼! 就看看这位新世界造就出的新人吧! 好好看看!（她带着深深的厌恶打着手势）就这位"黑皮肤的小资产阶级先生"! 这位新兴阶级的象征!"实业大王"! 这个社会制度造就的人!（沃特毫不理睬她,继续狂热地、不顾一切地寻找什么东西,一面找一面把东西扔了满地,把一切翻得乱七八糟。班妮莎不理他这种奇怪的行动,继续发挥她侮辱性的独白）你梦想过密执安湖上的游艇吧,大哥? 你想象过有那么了不起的一天,你坐在会议桌前头,美国全体秃头的大亨都围绕着你吧? 大家都一声不响、大气不敢出地等着,等你发表新的并购计划吧——董事长先生?(沃特找到了他所要的东西——一张名片,把它塞进衣兜里,穿上外套冲了出去,始终没看她一眼。她冲着他的背影嚷)你让我看到了蠢材在这世界上的最后胜出!

〔门砰的一声摔上了,她又坐下。如丝从妈妈的房中很快地走出来。

如　　丝　谁刚出去了?

班妮莎　你老公。

如　　丝　他上哪儿去了?

班妮莎　谁知道——没准儿跟美国钢铁公司的老总谈生意去了吧?

如　　丝　(担心地,眼神惊慌)你没说什么挤对他的话吧?

班妮莎　挤对他?我敢吗?没有——我夸他乖,有志气,阳光向上,白人老爷最喜欢了!

〔妈妈从自己的卧室走出来。她精神颓丧,神志恍惚,努力想领悟、想理解她过去曾经明白的世界现在是怎么回事,但还是琢磨不透。一种徒劳无益的感觉使得她步履蹒跚,一种自责自咎的心情使她直不起腰来。她走近还在桌上放着的她那盆花,看看它,把它拿到窗台边,放在外边,站在那里看了它半天。然后她关上窗,用力挺直身体,转身向她的孩子们。

妈　妈　嗬!咱家可够乱的呵!(装作高兴,打起精神)
　　　　别垂头丧气的!咱们干活儿!咱们得把这些纸
　　　　箱拆包儿,活儿不少呢!(如丝听出这句话的含
　　　　意,慢慢地抬起头来。班妮莎,也同样极缓慢地
　　　　转过身来看着她母亲)你们最好谁去打个电话,
　　　　叫那些搬运工别来了。

如　丝　不来了?

妈　妈　可不吗?孩子,让人家白跑一趟干吗呀?折腾
　　　　一趟还得算钱。(她坐下,手指摸着额头,想着)
　　　　唉,自打我还是个小姑娘的时候,我就记得老听
　　　　人对我说:"莱娜——莱娜·艾戈斯顿,你心太
　　　　高。你应该踏实下来,低头认命就好了。"我们
　　　　老家的人都这么说——"天哪,那个莱娜·艾戈
　　　　斯顿是个心比天高的女孩儿,迟早吃大亏!"

如　丝　不是的,妈……

妈　妈　可老沃特我们俩就是不认命呵……

如　丝　不!妈妈,咱们一定要搬!班妮你跟妈说……
　　　　(她站起来,伸出双手走向班妮莎。班妮莎没反
　　　　应)告诉妈咱们可以搬……按揭才一百二十五
　　　　美金一个月。咱家有四个大活人呢,肯定能把

月供挣出来……

妈　妈　（自言自语地）心比天高呀……

如　丝　（转身，快步走向妈妈——急切地、拼命地一口
气说下去）妈！我一定拼命干活……我能在芝
加哥所有的厨房里一天干二十个小时！需要的
话，我可以把娃娃绑在背上干活，我可以擦全美
国的地板，洗全美国的床单——这个家咱们一
定要搬……咱们一定要打这儿搬出去……
〔妈妈心不在焉地伸手拍拍如丝的手。

妈　妈　不一定，也不是非搬不可……我在想，咱们也可
以把这儿弄好点儿……前两天我在麦克思韦街
看见一个旧梳妆台，摆那儿正合适——（她指着
那件新家具可以安置的地方。如丝从她身边慢
慢走开）那梳妆台安俩新把手，再涂遍清漆，就
跟新的一样！还有，咱们可以把你那块新窗帘
挂厨房里……嘿，那这屋子就不一样了——准
让咱们大伙都痛痛快快的，忘记有过什么不顺
心的事……（向如丝）你呢，可以买个漂亮的屏
风放你房间里，把娃娃的小摇篮给围上……（她
看着她们两人，恳求地）有的时候呵，人就得拿
得起放得下，知足常乐……

〔沃特从外面进来,样子很疲乏。他靠在门上,大衣披在身上。

妈　妈　你上哪儿去了,孩子?

沃　特　(深重地呼吸着)打了个电话。

妈　妈　给谁?

沃　特　给那人。

妈　妈　哪人呀,孩子?

沃　特　那人!老妈,你不知道那个人是谁吗?

如　丝　沃特·李,你说什么呢?

沃　特　那人嘛!就像大街上乞丐说的——先生,老板,老爷……可怜可怜吧,老爷……

班妮莎　(突然)林纳!

沃　特　对啦!还是我妹聪明。我叫他马上过来。

班妮莎　(明白了,恶狠狠地)叫他来干吗?你想干什么?

沃　特　(看着妹妹)跟他做笔生意。

妈　妈　你到底说什么呢,孩子?

沃　特　我说的是至理名言,妈。你们不总是跟我说,不要心比天高,要低头认命吗?行!我今天在屋里躺着,一下子就想通了!生活就是这么回事——有些人要什么有什么,有些人什么也摸不着。(他没脱大衣就坐下了,大笑起来)妈,这世界分两头：一头是抢人的，一头是被抢的。（他大笑）我算是想通了！（他环顾大家）没错儿，咱们永远是被抢的——（他大笑）像威利·哈里斯那样的永远也不会被抢……你们知道为什么我们被抢吗？因为我们傻。太傻了。什么事儿都要分个对错。我们担心吧，自责呀，掉眼泪，睡不着，人家呢？那些抢人的这工夫一直没闲着，一直抢哪！威利·哈里斯算个屁呀！抢大的他根本就排不上号！不过这个事我得谢谢威利·哈里斯……他教我看清了这个世界——（提高一些声音）谢谢啊，威利！

如　丝　沃特·李，你给那个人打电话想干什么？

沃　特　打电话叫他来看一出好戏呀！我要给他演一出好戏——他不就想看这个吗？妈，那家伙今天来，说咱们搬去的那个地方邻居们对咱们腻歪透了，宁肯出钱叫我们别去。（他又大笑）当时我们——妈您是没看见，您猜我跟如丝、班妮怎么对待他的？天哪，我们叫人家滚出去……好嘛，我们当时真是自尊心爆棚呵！（他点上一支烟）满腔的正义感……

如　丝　（慢慢地朝他走去）你是说：你要拿那笔钱，那些人的钱?

沃　特　不是说,宝贝——一会儿我还真拿呢!

班妮莎　上帝呀! 你有完没有! 就这么一直堕落下去,没有个底线吗?

沃　特　瞧,又来了! 你跟来的那小伙子一样。你们就想叫大伙举着旗子,扛着梭镖,永远唱着进行曲,向正义进军,是吧? 你们永远跟那儿研究什么是对,什么是错,对吧? 拉倒吧,姑娘! 这世界上压根儿就没有什么正义的事业! 只有抢! 而且谁抢得多谁就最牛——怎么抢来的根本他妈的没人问!

妈　妈　听你这么说话我心里在流泪,孩子——为你呀……

沃　特　别流泪,妈! 您就想:回头从这扇门进来的那个白人,能签支票给钱,能拿出一大笔钱! 这事对他很重要,我得帮他一把……演一出戏。

妈　妈　孩子——咱们家五代人,从来都是奴隶和佃户——可是谁要是用钱砸,让我们自轻自贱,再多的钱我们也没拿过! 我们永远不会人穷志短到那地步! (抬起目光看着他)我们的心没死。

班妮莎　可现在这么一来我们心就死了。这个家里老说的那些梦想呀,阳光呀……死光光了!

沃　特　你们干吗都冲我来呀?这社会又不是我发明的!这社会原本就这德性!妈的,没错,我也想有朝一日坐坐游艇!怎么啦?我也想让我老婆脖子上戴珍珠!凭什么她就不能戴真的?告诉你们:我也是个男子汉!我就认为,在这个世界上我的老婆就该戴真的珍珠!

〔最后这句话说完后,停顿了好一会儿,然后沃特开始在房中走来走去。他逐渐意识到"男子汉"这个词的含义;他在徘徊当中屡次突如其来地激动地停下来,自己一再咕哝着这几个字。

妈　妈　孩子,你内心深处是个什么感觉呀?

沃　特　挺好!心里感觉好得很……男子汉……

妈　妈　到那时候你就什么都没有了,沃特·李!

沃　特　(走近她)我会感觉很好,老妈。我会直视那孙子的眼睛,对他说……(他犹豫起来)说,"OK,林纳先生……(他更犹豫了)那是你们的社区。你们有权保护它原封不动。你们有权按你们的意思办——只要签一张支票,房子就归你们了!"我、我还要跟他说——(他几乎快哭了)只要把钱交到我手里,你们就用不着跟我们这帮臭黑鬼做邻居了!……(他直起腰来,离开了母亲,在房间里走来走去)我还可以……可以把两条黑腿一弯,跪倒在地……(他说着跪下。如丝、班妮和妈妈惊得呆了,看着他)……先生!老板!老爷!(他拧着双手,学着要饭的样子,声嘶力竭地)是啊,老爷!白人大老爷,看在上帝的分上,只要赏我们钱,我们就不上你们那儿去了,就不弄脏你们白人住的地方了……(他完全垮了)我会感觉很好!很好!很好!(他站起来,走到自己的卧室里去)

班妮莎　他不是人。他就是一只没牙的耗子!

妈　妈　是啊!死神走进这个家里来了,(她慢慢地、沉思地点着头)从我的孩子的话里走进来了!你们本来应该是我的新生、我一辈子的成就。(向班妮莎)你,你在为你的哥哥悲伤吗?

班妮莎　他不是我哥哥!

妈　妈　你说什么?

班妮莎　我说屋子里的那个人,他不是我的哥哥!

妈　妈　你还真是这么说的?你觉得你比你哥强,是吧?(班妮莎不回答)说他不是人,是吗?你替我把他抛弃了?跟外人一样,给他盖棺定论了?!你凭什么呀？

班妮莎　您就不能跟我一头儿——哪怕一回呢！您没瞧见他刚才的德性呀——跪在地上！不是你们教我的吗——应该看不起这种人！应该厌恶他干的事！

妈　妈　没错，我跟你爸确实这么教过你。可是我还教过你别的……教过你要爱你的哥哥！

班妮莎　爱他？他身上还有什么值得爱的东西？！

妈　妈　还是有的。你要是没学会这个，那你就不懂爱。（看着她）今天他受了多大的刺激，被人欺负成这样……孩子，爱一个人，应该在什么时候？在他露脸的时候，让大家开心的时候？不应该是这种时候！而是应该在他最倒霉的时候，失去自信的时候，这个世界抛弃了他的时候！因为这才是他最需要爱的时候……

〔这一段话说完的时候，崔维斯进屋里来，大敞着门没关。

崔维斯　奶奶——搬家的来了！在楼下呢！大卡车刚刚停下。

妈　妈　（转身看着他）是吗，乖？就在楼下？

〔她叹了一口气，坐下了。林纳在门口露面。他探头看了看,轻轻敲一下门以引起注意,然后走了进来。大家都转身看他。

林　　纳　(手里拿着帽子和公事包)嗯,你们好……

〔如丝机械地走到卧室门前,推开门,随它慢慢地悠然而开。灯光照亮了卧室里的沃特。他还穿着大衣,坐在房间靠里的角落里。他抬起头来,看到了外间的林纳。

如　　丝　他来了。(沃特慢慢地站起身来)

林　　纳　(干练地走到桌前,把公事包放在桌上,开始摊开文件,拧开自来水笔的笔帽)OK。很高兴接到你们的电话。(沃特开始从卧室一步一步走出来,走得很慢、很笨拙,像个小孩子似的,不时用袖口擦着嘴)早该如此,可人们往往把简单的问题复杂化。那么,此事我跟哪一位对接?是跟您,扬格太太,还是跟您的这位少爷呢?(妈妈双手放在膝上,闭着眼睛坐着。这时沃特走上前来。崔维斯走到林纳旁边,好奇地看那些文件)这个你看不懂呵,小朋友。

如　　丝　崔维斯,你到楼下去。

妈　　妈　(睁开眼睛,看着沃特的眼睛)别!崔维斯,你就在这儿。你,沃特·李,你要让这孩子看清楚你在干什么。好好给他上一课。就像威利·哈里斯给你上一课那样。叫他看看我们这五代人最终成了什么样儿。你说吧,孩子——

沃　特　（低头看自己儿子的眼睛,崔维斯快活地朝他笑,沃特把他拉到身边,轻轻用一条胳臂拽住他）OK,林纳先生。(班妮莎转过头不忍看)我们请您来——(他的话里有一种既深沉又单纯的探索的语气)是因为,我跟我的家人——(他向四周望了望,把重量从一只脚移到另一只脚)我们是普通人……

林　纳　对。

沃　特　比如我,当了半辈子专车司机。这是我老婆,一直在人家厨房里干活。我母亲也是——我是说,我们都是普通人……

林　纳　这我知道,扬格先生——

沃　特　(像个孩子似的,先低头看看自己的鞋,然后又抬头看林纳)……还有我老爸,嗯,他在世的时候也一辈子老实巴交,就知道干活儿。

林　纳　(完全不明白是怎么回事)那很好啊——

沃　特　(又低头看着脚)可我老爸有一次差点儿把一个人揍死,因为那个人说了一句侮辱我爸的

155

话——你明白我的意思吗？

林　纳　这个，我恐怕不明白……

沃　特　（终于挺起腰来）好吧，我的意思是说：我们家人从来自尊心都很强。我们都是要强的人——那是我妹妹，她将来是要当大夫的！我们都为此感到骄傲——

林　纳　这完全没有问题，不过……

沃　特　（声音开始提高，面对着林纳，直视他的眼睛）我要说的是，我们把您找来是为了告诉您：我们是有尊严的人！（示意崔维斯过来）还有，这是我的儿子，是我家在美国成长起来的第六代人！我还要告诉您：我们全家慎重考虑了您的建议——

林　纳　那就好……

沃　特　我们决定——我们要搬进我们的房子去！因为那是我父亲，一点点挣来的！（妈妈闭着眼，前后摇晃着，仿佛她身在教堂里，在点头说"阿门"似的）我们不想跟谁过不去，也不是为什么事业在战斗——我们会努力做一户和蔼可亲的好邻居。我们要说的就是这个。（他完全正视着林纳的眼睛）我们不要你的钱。（他转身从林纳的

身边走开)

林　纳　(环顾他们大家)我没理解错吧——你们决定要
　　　　搬进去?!

班妮莎　我哥已经把话说得够清楚了。

林　纳　(向正在沉思默想的妈妈)那……我想再向您呼
　　　　吁一下,扬格太太! 您年岁大,经历多,对事情
　　　　一定理解得比他们明白……

妈　妈　(站起身来)我看是您没明白。我儿子说了我们
　　　　要搬进去,我还能说什么呢? (语意双关地摇着
　　　　头)您知道现如今的年轻人就这脾气,先生。拿
　　　　他们毫无办法。再见。

林　纳　(收拾起他的东西)好吧——既然你们主意拿定
　　　　了……我也就没什么话可说了。(他收好了东
　　　　西。全家人几乎都不理睬他,大家都注视着沃
　　　　特·李。林纳在门口停住了,回过头来)但愿你
　　　　们明白你们这样做意味着什么。(他摇了摇头,
　　　　下)

如　丝　(看看周围,精神一振)我说! 看在上帝的分上,
　　　　既然搬家的人都来了,咱们不搬还等什么呀!

妈　妈　(行动起来)谁说不是呢! 看看这儿多乱哪……
　　　　如丝,给崔维斯穿上那件好外套……沃特·李!

把领带打好,衬衫塞进去,你那样儿像个小痞子……我的那盆花哪儿去了?(她急忙去拿花,同时全家都忙乱起来,大家都故意不去提起刚才那高光的一刻)你们都往楼下走吧……崔维斯乖,别空手下去……如丝,我把那个凉油锅搁哪儿啦?我要自己拿着……今儿晚上我要给大家做一大锅好吃的……班妮莎,你那袜子怎么回事?把它往上拉拉!姑娘家家的……

〔全家开始往外走,这时进来了两个搬运工,他们动手搬笨重的家具,走动时和家里的人互相碰撞。

班妮莎　妈妈!阿萨盖今天跟我求婚来着,叫我上非洲去……

妈　　妈　(一边忙着收拾东西)求婚?你岁数还小,结什么婚呀……(看见一个搬运工很不稳当地搬起她的一把椅子)小伙子!那不是劈柴!劳驾当点心,搬过去我们还得坐呢——这把椅子我用了二十五年了……

〔搬运工无可奈何地叹了口气,接着干活。

班妮莎　(女孩子气地、不讲理地偏要接着说)……叫我到非洲去,妈!到非洲去当医生……

妈　　妈　(心神不定地)好,乖……

沃　　特　非洲!他要你上非洲干吗去?

班妮莎　到那儿去给人治病……

沃　　特　妹呀,你怎么就扔不掉你那些莫名其妙的念头呢!
你还是嫁个有钱的军人最好……

班妮莎　(生气地,完全和剧中第一场里的情形一样)我
嫁给什么人你管不着!

沃　　特　我怎么管不着?告诉你吧,我还是觉得那个乔
治·莫奇森靠谱……

〔他和班妮莎两个人一路吵着走出去,我们听得
见班妮莎在说,即使乔治·莫奇森是亚当,她自
己是夏娃,她也决不嫁给他,等等。他们怒气冲
冲,大声吵着,一直到声音逐渐远去消失了。如
丝站在门口,转身对妈妈意味深长地微笑。

妈　　妈　(总算戴好了帽子)是啊——他们还算有出息,
我这俩孩子……

如　　丝　没错,他们有出息!咱们走吧,莱娜太太!

妈　　妈　(环顾这屋子)走!我马上……如丝!

如　　丝　什么?

妈　　妈　(安静地,像一个女人对另一个女人那样)今天
他总算长大成人了,成了个男子汉了,是吧?雨

过天晴一样……

如　丝　（咬住嘴唇，不愿意在婆婆面前露出自己多为丈夫感到骄傲）是啊，妈妈。（下面传来了沃特粗声粗气喊她们的声音）

妈　妈　（心不在焉地挥手叫如丝先走）好了，亲爱的——你先下去吧。我马上就来。

〔如丝迟疑了一下，走了出去。

〔妈妈站着不动，起居室里最后只剩下了她一个人，面前放着她的那盆花。她环顾每一面墙和天花板，孩子们在楼下喊她，她突然感到胸中涌起一阵不可抑制的情感，她用拳头捂住嘴，激动地看了最后一眼，把外衣裹紧，拍了拍帽子，走了出去。

〔门再次打开，她又走进来，拿起那盆花，走出。

——终——